美少女生徒会長の十神さんは今日もポンコツで放っておけない
Bishojo seitokaicho no Togamisan ha kyomo ponkotsu de hotteokenai.
JN131289
相崎壁際
illust. 森神

「誠心誠意努めていく所存です」
十神撫子（とがみなでしこ）

「こうですか?」
「おいバカ、包丁を逆手に持つな!!」

「ほら、さっさと立って」

由良愛梨澄（ゆらありす）

CONTENTS

Bishojo seitokaicho no
Togamisan ha
kyomo ponkotsu de
hotteokenai.

GA文庫

美少女生徒会長の十神さんは
今日もポンコツで放っておけない

相崎壁際

GA文庫

カバー・口絵・本文イラスト
森神

プロローグ

夢を見ていた。

ご多分に漏れず内容はめちゃくちゃで、中学時代の友人と校内を踊っていたら銀髪美人の怪獣に「起きなさい！」と怒鳴られ、異世界転生して地下鉄に乗車したところ隣の席の怪獣に肩を揺さぶられ、勇者にしか抜けない剣を引き抜いて、怪獣が俺を起こしてきて……。

「……きて！　貴樹！　いい加減起きなさい！」

「んがっ」

ぐらぐらと肩が揺さぶられるのを感じ、びくんと飛び跳ねた。

ゆっくり目を開くと、そこはがらんとした教室だった。

真横には一人の少女が立っていて、机に突っ伏す俺を呆れた目つきで見下ろしている。

「愛梨澄か……さっき怪獣が来たせいで地下鉄が遅れて大変なんだ……」

「寝ぼけてるんじゃないわよ！　ホントに怪獣が来てたら地下鉄の遅延くらいどうでもいいでしょ。ほら、さっさと立って」

俺の言葉を一刀両断したのは、幼なじみの由良愛梨澄だった。

Bishojo seitokaicho no
Togamisan ha
kyomo ponkotsu de
hoiteokenai.

髪型は母親譲りの綺麗なシルバーブロンドの銀髪のショートボブで、勝ち気そうなツリ目が印象的。

「今日の放課後は生徒会長選挙の演説会があるって言ってたでしょ。だからほら、もうみんな移動してるじゃない」

夢の世界から帰還を果たした俺の脳が、渋々ながら現状を理解する。

教室前の時計を見ると、とっくに放課後に突入していた。

本来なら演説会がある体育館に移動しているはず。だが、直前の授業中に居眠りをした俺はそのまま寝続けていたらしい。

俺だけが誰もいない教室に取り残されていたのは、クラスの誰も起こしてくれなかったからだ。俺のクラスでの浮きっぷりはもはや死海レベルなので、今さら驚くことではない。

愛梨澄が同じクラスなら多少は違ったのだろうが、残念ながらこいつとは別のクラスで、学校内では滅多に話す機会がない。幼なじみは万能の切り札じゃないのである。

その時、教室の扉がガラリと開いた。

「お前ら、なにやってる！　さっさと体育館に移動しなさい！」

野太い声を響かせて先生が入ってきた。

教室に残っている生徒がいないか見回っていたのだろう。

「おい、お前も早く移動しろ」

そう言われたので、なんとか眠気を振り払って立ち上がると、眼鏡をかけた中年の先生と目もしれない。

が合った。眠い中でどうにか目を開いたせいで、ついジロっと睨む感じになってしまったか

「んん……なんすか」

これまた起き抜けで喉が本調子じゃないので、どことなくドスの利いた感じの声になって

しまった。

「ぐ、郡上か……」

俺の方は何度か校舎内で見かけた覚えがあるくらいで、先生の名前まではわからない。だが、

向こうは俺を知っているらしい。どうせ、ロクな評判は聞いてないだろう。

残念ながら俺は学校で、「落ちこぼれの不良」として腫れ物のような扱いを受けている。不

本意ではあるが、俺が赤点常習犯の落ちこぼれなことは事実なので反論しにくい。

すると先生は、隣にいる愛梨澄に視線を移した。

「こほん。あー、その、由良。サボってないで、早く体育館に移動しなさい」

「えっ？　わ、私!?」

いきなり名指しされた愛梨澄が動揺した声を漏らす。

そりゃそうだろう。こいつはただ、教室に置き去られた俺を起こしていただけだ。

「つべこべ言うな。生活態度に難ありとみなすぞ」

「そんな……」

愛梨澄が口ごもって、視線を床に落とす。

「とにかく、さっさと移動しなさい」

先生はもうなにも言うことはないとばかりに、早足でその場を去ろうとする。

気が付くと俺は、一歩踏み出していた。

「ちょっといいですか、先生」

俺がその背中を呼び止めると、先生はぴくっと体を震わせて振り向いた。

いや、そんなにビビられるとこっちも困るんだけどな……。

とはいえ、先生をこのまま帰すわけにはいかないので、さっきよりはマシな声音を心がけて話しかける。その際に体がゆらりと揺れてしまったのだが、これは不良が威圧感を放つやつではなく、眠気でバランスが崩れただけだ。

「な、なにか用か？」

「愛梨澄……由良は、ただ机で眠ってた俺を起こしてくれただけです。サボってたわけじゃありません。怒られるのはむしろ俺の方なんです」

「そうだったのか。じゃあ、郡上もさっさと移動しなさい」

説明を聞いて、どこか曖昧な表情でうなずく先生。

だが、俺が言ってほしかったのはそういうことじゃない。

「これから移動します。その前に、さっき由良に言ったことを撤回してください」

「は？」

「由良に『サボって』だとか、『生活態度に難ありとみなす』とか言ってたじゃないですか。あれは筋違いです。由良はそんな言葉、かけられるべきじゃない。だから本人に向けて、ちゃんと撤回して、謝ってください」

「貴樹……」

愛梨澄が声を漏らすが、俺は先生の方だけを見ていた。

先生は少しだけ逡巡したが、やがて愛梨澄に向かって頭を下げた。

「そう、だな……。由良。先ほどは私の早とちりで、失礼なことを言ってしまった。すまなかった」

「は、はい。私は別に、大丈夫です」

その返事を聞くと先生はほっとした表情になり、ちらりと俺を見た。

なにか反応した方がいいかと思ってうなずくと、先生は足早に教室を出て行った。

そういえば先生、俺に怒ってない気がするけれど……まあ、「俺を叱ってください」なんて呼び止めるのも変だし仕方ないか。

「ふう。俺たちも行くか」

「あ、うん！」

愛梨澄を促して俺は教室を出た。

「その、さっきは私のためにありがとう」

「ん？」

廊下を歩いていると、愛梨澄が話しかけてきた。

「先生に、さっきの発言を撤回しろって言ってくれたやつ」

「俺の気が済まなかったから言っただけだ。迷惑だったらすまん」

「そんなことないって！　私、すごく嬉しかったし」

「そうか。ならよかった」

愛梨澄は目を細めて笑った。自己満足でやったことだが、喜んでくれるならそれに越したことはない。

「愛梨澄こそ、俺のこと起こしてくれてサンキューな」

「どういたしまして」

「でも、なんで俺がいないことに気付いたんだ？　クラスも違うのに」

「ふえっ⁉　そ、それはその、なんというか、えーっと」

俺が尋ねると、途端に愛梨澄は頬を赤らめてあたふたし始めた。

いや、そんなに焦るような質問だろうか？

「無理に言えってわけじゃないけど」

「そ、そういうわけじゃないから！　まあ、確かにクラスは違うけど、アンタがいなかったら気付くっていうか。いや、これはその、本当にまったく変な意味じゃなくって、アンタのことを目で追ってるとかそういうのでもなくて、ただの幼なじみの勘ってやつだから！」

「お、おう……それならまあ、別にいいんだが」

なにやらすごい早口でまくしたてられて、よくわからないまま納得させられた。別に、大した話じゃないからいいんだけど。

そんな話をしているうちに、俺たちは体育館の出入り口にたどり着いた。

出入り口の横にはさっきとは違う先生が立っていて、遅れてやってきた俺たちを見て目を丸くした。

「あれ、今来たの？」

「すみません、こいつが教室で寝てて……」

「そうっす。すんません」

俺と愛梨澄が頭を下げると、先生は腕時計をちらっと見て少し悩まし気な顔になった。

「うーん、そろそろ演説が始まるから、ここから立ち見でもいい？」

俺と愛梨澄がこくんとうなずくと、先生は俺たちを体育館に一歩入れてくれた。

生徒会長選挙の演説会。

数ある学校行事の中でも、とりわけ映えないイベントだ。

アニメや漫画の中では、生徒会長選挙で主人公やヒロインが当選するために、あれこれ奮闘するシーンも見たことがある。

けれど、当事者でない一般生徒からすればそんなの知ったことじゃない。

おまけに今回は立候補者一名の信任投票らしく、なおさら盛り上がりに欠ける。

そんなふうに心の中で文句を垂れていると、スピーカーから選挙管理委員らしい生徒の声が聞こえてきた。

「ただいまから、生徒会選挙の演説会を始めます。次期生徒会選挙の立候補者は一名で……」

選挙についての説明が済むと、一人の女子がステージの袖から現れた。

遠目に見ても、なにかが違う、と感じた。

歩いている時から気付いていたが、ステージ上の演台に立つと姿勢の良さが際立つ。

彼女が演台のマイクに触れ、コツン、という音がこだまする。

次の瞬間、ぬるい空気が充満する体育館に一筋の涼風が吹いた。

「皆さんこんにちは。このたび麗秀高校生徒会長選挙に立候補した、一年の十神撫子です。私が生徒会長に立候補した理由は……」

十神撫子。

そう名乗った女子は、俺が通う私立麗秀高校で知らないやつはいない有名人だ。

切れ長で涼やかな目元に、すらりと通った鼻筋。薄桃色で形のいい唇からは気品を感じ、背中まで伸びたストレートの黒髪が凪いだ夜の海を連想させる。

学校中どころか街中を見回しても、そうそう見ないレベルの美少女だ。

涼し気で耳触りの良い声は、いつまでも聴いていたいと思ってしまう。

俺もさっきまでの眠気はどこへやら、彼女の演説に聴き入っていた。

隣に座る愛梨澄も同様で、口を閉じて前を見ている。

「……この『目安箱』の設置は、生徒会の公約として掲げます。私は、単なる学校行事の進行役ではなく、生徒の皆さんに寄り添った生徒会を実現するため、誠心誠意努めていく所存です。皆さん、ご清聴ありがとうございました」

そう演説を締めくくると、十神は優雅に一礼した。

おざなりじゃない、確かな熱のこもった拍手が鳴り響く。

十神は拍手を浴びながら、ステージから袖へと見惚れるような足取りで歩いていった。

どうやら女子からも人気らしく、どこかから「きゃ～っ」という歓声が聞こえてくる。

「十神さん、あの見た目で頭が良くて運動もできるんだって」

拍手を送りながら、ちらっとこちらを見た愛梨澄が言う。

「へー、そりゃすげえな」

「さらに実家も超お金持ちらしいわよ。会社の社長だって聞いた」

「そりゃまあ、この学校の生徒らしいよな」

麗秀高校は東海地方の名門だ。学費も高いから、必然的に通う生徒の実家も金持ちばかり。とはいえ、家庭の経済状況に応じて学費を免除するスカラーシップ制度もある。かくいう俺もその恩恵にあずかったタイプだ。スカラーシップがなければ別の高校に通っていたはずだ。

「選挙でも十神さんが立候補した瞬間、前年度副会長の二年が辞退したんだって。十神さんが相手じゃ勝ち目ないからって」

「そりゃまあ、お気の毒だな」

生徒会選挙なんて、大抵は人気投票みたいなもの。候補が似たり寄ったりなら前年度の副会長に投票するかもしれない。だが、相手が人気者ならそっちに相当な票が流れる。選挙で結果を見せつけられるよりは、辞退した方が傷は浅いって判断だろう。

「ねえ、アンタは生徒会役員とかやらないわけ？」

「え？　なんで俺が」

「だって、中学校の頃は生徒会長やってたじゃん」

確かに俺は中学時代、生徒会長をやっていた。

しかしあれは若気の至りというもの。今の俺にそんな資格がないことくらい、自分が一番よくわかっている。

「……昔の話だろ。今の俺は落ちこぼれだし、そんな柄じゃない」

「まあ、貴樹が入らないっていうなら、別にいいけど……」

俺が言い返すと、愛梨澄は不満そうに口をとがらせた。肩に垂れた髪先を指でいじる。不機嫌の合図だ。

申し訳ない気持ちが湧(わ)いてくるが、どうしようもない。

十神を見ていると、世の中には「完璧(かんぺき)」な存在がいるのだと思い知らされる。

俺とは違う、なにかに選ばれた存在。

そんな十神が生徒会長になれば、きっと生徒会には優秀なメンバーが集まるだろう。そんな場所、落ちこぼれの俺にはそぐわないに決まっている。

遠い世界の話だな、と思った。

◆

信任投票に波乱はなく、十神は生徒会長に当選した。

話は変わり、それからしばらく「一年B組の郡上が教室で先生を締め上げていた」という噂(うわさ)が流れた。

おそらく、体育館への移動が遅れた生徒に見られていたのだろう。別に締め上げたわけじゃないんだが。

どうも俺についたイメージはかなり根強いらしい。これを払拭するには、並大抵のことでは無理だろう。

それこそ、生徒会に入るとかでもしない限りは。

第一章　落ちこぼれ・イン・生徒会

「郡上(ぐじょう)さんには、生徒会に入ってもらいます」

「……は？」

十月の上旬、放課後の職員室。

いつものように呼び出しを受けた俺は、パーティションで区切られた応接スペースで担任の佐敷(さしき)先生と向き合っていた。

なんだか今、セートカイという謎(なぞ)の組織の名前が聞こえた気がする。

とりあえず黙り込むと、先生は気にしたふうもなく話を続けた。

「聞こえませんでしたか？　郡上さんは生徒会に入るんです。役職はそうですね、今のところは書記ですかね～」

「すいません、急すぎて話が飲み込めないんですけど」

「端的に言えば、郡上さんはこのままだと留年です。それを回避するためには、生徒会に入るしかありません」

Bishojo seitokaicho no
Togamisan ha
kyoma ponkotsu de
hotteokenai.

そんな恐ろしいことを言いながら、佐敷先生はにこりと微笑んで首を傾ける。

年齢は二十代半ばの若い教師で、担当科目は世界史。

緩くウェーブしたセミロングの茶髪が、少し幼さが残る顔立ちによく似合う。それでいて白のブラウスにモスグリーンのスカートという服装は、大人の落ち着きを漂わせていた。

男子生徒からの人気が高いこととの因果関係は不明だが、佐敷先生の授業では居眠りがほとんどないらしい。その代わり、授業前には校内の自販機で缶コーヒーやエナドリが品切れになるという。

男子連中の涙ぐましい努力が感じられるエピソードだ。

「留年って、なにかしましたっけ、俺？」

「遅刻と居眠りと赤点、さらに課題未提出の常習犯です。このペースじゃ留年するかもしれないって、夏休み前にも言いましたよね？」

「風の噂でそんなこと聞いたかもしれません」

「なんで伝聞形なんですか！　ここへの呼び出しも一回や二回じゃないですよね⁉」

ぷりぷりと怒ったふうに頬を膨らませる佐敷先生。

この仕草がキツくなくちゃんと可愛いのだからすごい。そりゃ男子連中もいいところを見せようとするはずだ。

俺はそんな佐敷先生と、結構な頻度で今みたいな一対一の面談をしている。

こう書くと男子連中からうらやましがられそうだが、なんのことはない。担任しているクラスで絶賛落ちこぼれ中の生徒に、ありがたい生徒指導を行ってくださっているだけだ。

大抵の場合、ありがたい指導というものは受ける側にとってありがたくないものだが。

「それにしても郡上さん、入試の時の点数はそこまで悪くなかったと思うんですけどねえ。一体どうしてこんなことに」

「人が変わるのに遅すぎることはないって言いますからね」

「それは良い方向に変わる文脈で使う言葉だと思いますが……」

困った顔つきの先生を見ると、さすがに申し訳なさが湧いてこないでもない。いちいち生徒の成績を気にかけてくれるなんて、良い先生だよな。

とはいえ俺だって、落ちこぼれたくて落ちこぼれているわけじゃない。

入学直前に家のことでゴタゴタしていて、春休み中はロクに勉強が手につかなかった。そのせいで高校生活もスタートダッシュで出遅れた。部活に入るタイミングも逃してしまい、勉強にもついていけなかったのだ。

友達がいればまだマシだったが、俺は友達作りにも失敗した。

自分で言うのもなんだが、俺は目つきが悪い。表情筋も妙に固いので人相も丸ごと悪い。声もドスが利いていて怖いとよく言われる。

スマホで動物の癒(い)やし動画を見ながら笑ってた時、愛梨澄(ありす)に「コ○ンの犯人がトリック仕掛けた時の顔じゃん」とツッコまれたことがある。対極の笑顔すぎるだろ。

それでも小学校までは、「近所に住んでる」というだけで仲良くなれた。メンツの半分が小学校と同じ中学校でも、うまくやれていた。

なんなら、「お前の顔怖すぎ！」「生まれつきだよ！」という鉄板ネタがあったくらいだ。

高校でも友達はすぐにできる、と本気で信じていた。

だが、入学してしばらく経(た)つと、やけにクラスメイトが俺を避けていることに気が付いた。

俺が話しかけると妙に緊張したふうで、愛想笑いを浮かべる。会話を早々に切り上げて、そそくさとその場を離れたがる。

顔に何か付いてるのだろうか、と何度も鏡で確認したくらいだ。

そして五月のある日。鏡を見ていたら唐突に気付いたのだ。

もしかして俺、怖がられてる？

思い当たる節はいくらでもあった。麗秀高校は地域でも一番の進学校で、中学ではたまにいた不良っぽい人間はまず見かけない。昔からの顔見知りならともかく、初対面の相手は俺の外見だけで「ヤバそう」と判断する可能性がある。なんせコ○ンの犯人顔らしいし。

通学前の朝にこの事実に気付いた俺は、さっそく人を怖がらせない笑顔の練習を始めた。

家を出てからも、スマホのインカメで顔を確認しつつ歩く。

そして俺は——階段から転げ落ちて足首を骨折したのだった。

入院自体は二週間で済んだが、その間はほとんど勉強できなかった。

ただでさえ高校には学力が同じくらいの生徒が集まる。ただ近所に住んでる子どもが集まっただけの公立中学校とは違うのだ。

中学校では成績優秀だった俺も、高校ではよく見積もって中の下。

そこに骨折による空白期間も重なって、一学期の中間テストでは見るも無残な成績だった。

結局、入学後の俺は勉強もできない、部活も入ってない、友達もいないの体たらくになってしまった。

こうして俺は、高校生活のやる気を一切なくしてしまったというわけだ。

朝起きられなかったら遅刻するし、授業中もぼーっとするか居眠りするばかり。寝起き直後の不機嫌な顔はさらに怖いのか、クラスメイトから露骨にビビられることも増えた。

おかげで俺には、「落ちこぼれの不良」というレッテルが貼られてしまった。

不良というのは誤解だが、今さら訂正する気も起きない。そもそも誰に言えば訂正できるのかわからない。

顔見知りで同じ高校に進学したのは愛梨澄だけ。たまに話しかけてくれるが、クラスが違うのであまり頻繁には無理だ。最近じゃ通学時に同じ電車だったら話すくらい。その機会も俺の遅刻のせいで減っている。

あと、「俺と一緒にいると愛梨澄に迷惑がかかるのでは」という気持ちもある。自分から話しかけるのは躊躇(ちゅうちょ)してしまう。

こうして負のスパイラルは加速し、今に至るというわけだ。

佐敷先生は小さく、はあ、とため息をついた。

「ある程度は学校側の裁量でどうにかなりますが、郡上さんは教師陣の心証もよくないですからね〜。留年もやむなしって話になっても不思議ではありません」

「そこは佐敷先生の方から良いように言ってくれると助かるんですが」

「良いように言う余地があればそうしています」

暗にお前に良いところはないと言われてしまった。

何度か面談してわかったが、この先生はかなりの毒舌だ。綺麗な顔で誤魔化(ごまか)しているが。

「というわけで、生徒会活動で内申を稼ぎましょう！」

先生は名案でしょう、とでも言いたげに人差し指を立てる。

「あ、そういう話でしたか」

「単純明快でしょう？」

「内申を稼がなきゃマズいのはわかりました。でも、なんで生徒会なんですか？」

俺が言うと、佐敷先生は頬に手を当てて困り顔をした。

「実は私、若手ということで生徒会の顧問を押し付け……いえ、僭越(せんえつ)ながら務めさせていただいてるんですよ」

「本音が漏れてますよ」

「大人の事情は置いておくとして」

パン、と平手を打って話を切り替えた。

大人の事情って便利なワードだ。俺も子どもの事情ってことで色々と言葉を濁したい。

「今年は役員の集まりが悪くて、まだ定員に足りてないんですよ」

「定員、ですか?」

「そうです。会長に副会長、会計、書記……生徒会運営には色々と役職が必要なんです」

定員割れなんて、公立高校の入試くらいでしか聞いたことなかった。

「新しい会長って、前に演説してた人ですよね?」

確か信任投票で、つつがなく当選したはずだ。

「そうですよ。一年H組の十神撫子(とがみなでしこ)さんです」

「ずいぶん人気あるみたいですし、すぐに集まりそうなもんですけど?」

「う～ん、私もそう思ってたんですけどねえ。逆に人気があるからこそ自分からは立候補しづらいとか、自分が入らなくても大丈夫とか、そういう気持ちになるのかもしれません」

なるほど。尊敬しているが故に近づきがたい、なんてこともあるのだろう。あるいは、立派な人間のそばにいると、自分の欠点が目について嫌だとか。

単純に、生徒会の仕事が面倒くさそうというのもあるだろう。

「足りてないって、そもそも定員は何人なんですか？」

「定員が四人のうち、集まっているのは会長含めて二人ですね」

「マジですか」

「できれば五人以上ほしいのですが、贅沢は言えませんから」

人数が少ないとはいえ、定員の半分。思ったよりも危機的状況だった。

「そういうわけでここ最近、頭が痛かったんですよ」

「……そこに内申ボロボロの俺が現れたので、これ幸いと役員を押し付けたと」

「郡上さん、人聞きが悪いことを言わないでください。これはウィンウィンの取引です」

「まあ、留年が避けられるなら俺としても助かりますが」

留年してもいいと思っているなら、今頃こうして学校に来ていない。

本気で留年が間近に迫ってくれば、さすがに焦りもする。

今時、レールを外れたっていろんな道があることくらいは知っている。それでも、レールから外れることの恐怖がなくなるわけじゃないし、それが窮屈でもレールを走りたい人間だっているのだ。

「では、話は決まりですね〜。書類を渡すので、ここでちゃちゃっと書いてください。役職は書記にしましょう」

佐敷先生は上機嫌な鼻歌交じりで、俺にボールペンと書類を手渡した。

「まあ、俺はいいんですけど……定員にはあと一人足りてないんですよね。そっちの当てはあるんですか？」

「うふふ、そうですね～」

俺が言うと、佐敷先生はそっと人差し指を唇に当てる。

静かにしてろ、という意味か？

それから素早い身のこなしでソファから体を起こし、パーティションで仕切られた向こう側をのぞきこんだ。

「由良さん、どうですか？」

「へあっ⁉　な、ななな、なんでバレてっ……！」

なにやら聞き慣れた悲鳴が響いた。

佐敷先生が今度は「しーっ」と声に出す。

「あまり大きな声を出してはいけませんよ。職員室には他の先生方もいますから」

「そ、それはそうなんですけどっ」

「おい愛梨澄、なにやってんだ」

俺が先生の肩越しにのぞきこむと、幼なじみの愛梨澄が尻もちをついていた。

どうやら、こっちの話を盗み聞きしていたらしい。

俺の顔を見て、しまったという顔をしている。

「いつから居たんだ？」

「『郡上さんには、生徒会に入ってもらいます』のところから……」

「最初からじゃねえか」

「ちっ、違うのよ貴樹！　私は散歩中にたまたま通りがかっただけで、別にアンタが職員室に入ったからのぞいてたとかじゃないからっ！」

どんなルートを選ぼうが、散歩中に職員室の奥に入ることはないだろう。

帰り際に俺が職員室に行くのを見かけたので、気になったからここまでついてきた。大方そんなところだな。

つくづく暇というか面倒見がいいというか。

「ふむふむ、それで盗み聞きですか？」

「そ、それは……」

「ところで由良さん。話は聞いてたと思いますが、生徒会に興味はありませんか？」

「ええっ？　急に言われても」

愛梨澄は戸惑った様子で、俺と佐敷先生の顔を交互に見比べる。

そりゃそうだろう。

俺だって留年がかかってなければ、受ける気がなかったのだから。関係のない愛梨澄がそう簡単に入るはずもない。

もう一人くらい、単位の危なそうな生徒を見繕うのが穏当じゃないか。

それはそれで、生徒会の半分が落ちこぼれという危機的状況にはなるが。

「まあ、由良さんがやらないというなら、別の誰かを入れるだけですけど」

「ちなみになんですけど、貴樹以外のメンバーって……？」

「十神さんと二年生の女子、そして郡上さんです。もう一人も女子になると、郡上さんにはちょっとしたハーレムかもしれませんね？」

「冗談は止してくださいよ」

「いえいえ、先生は本気ですよ？　郡上さんが実は頼りがいがあることも、真面目にやれば勉強についてこられることも、ちゃんと先生は見抜いてますから」

「だから買いかぶりですって」

「もしかしたら生徒会でカップル成立！　なんてことも」

「私、生徒会入ります！　やらせてください！」

どこで気が変わったのか、愛梨澄がビシッと挙手をした。

それを見た佐敷先生が、なぜか面白そうに微笑んでいる。

「本当にいいのか、愛梨澄？　無理してやる必要はないぞ」

「大丈夫よ。アンタが生徒会で孤立したら私も寝ざめが悪いし」

「なんでお前が気にするんだよ。俺のぼっちは関係ないだろ」

「い・い・か・ら！　私が入ってあげるって言ってるんだから、黙って喜びなさいよ！」

「まあ、愛梨澄がいいならいいけどな」

ムキになった愛梨澄に、なにを言ったところで無駄だ。

「うふふ、決まりですね〜。由良さんには会計をやってもらいましょう」

うれしそうに両手を合わせ、先生はにこりと笑う。

引き出しから書類とボールペンをもう一組取り出して、愛梨澄に渡した。

「じゃあ、これに記入をお願いします。書いたら生徒会室に提出しましょう」

優しい口調なのに、どこか有無を言わせない迫力があった。

まだ若いのにこれなら、あと五年経てばどうなってしまうのだろう。

佐敷先生の未来の教え子たちに、俺は心の中で合掌した。


書類を書き終えた俺たちは、先生の先導で生徒会室を訪れた。

生徒会室は実習棟の隅の奥まった場所にあり、周囲に生徒の気配はない。いつの間にか夕方になっていて、窓ガラス越しに傾きかけた日の光が差し込んでいた。

生徒会室の扉は他の教室と違い、シックな木目調だった。スライド式じゃなくて、ドアノブを回して開けるタイプだ。

なんとなく気後れして佐敷先生を見ると、にこりと笑顔で促された。自分で開けろ、ということらしい。

意を決してノックする。

「はい。どうぞ」

扉越しでもわかるきれいな声で、返答があった。ゆっくりと扉を開く。

生徒会室はクリーム色の壁紙に囲まれた、教室の半分くらいの空間だった。壁面にはスチールキャビネットや木製の棚が並び、資料らしいファイルや賞状、盾などが飾られている。簡素な長机の周りに椅子（いす）が並べられ、応接用とおぼしきローテーブルやソファもある。

その応接セットの前に、一人の女子生徒が立っていた。

十神撫子。

麗秀高校の生徒会長に就任したばかりの同級生。

文武両道で家柄も申し分なく、生徒や教職員からの人気も高い。まさにパーフェクト超人。

窓から差し込んだ西日で影になっているが、ロングストレートの長髪にすらりと伸びた姿が絵になる。

大きな瞳（ひとみ）は、まるで海の底のような不思議な色をたたえている。

じっと見ていると、思わず吸い込まれそうな印象を受けた。

「こんにちは。生徒会になにかご用でしょうか？　……って、佐敷先生でしたか」

「はい、私です～」

俺の後ろから顔をのぞかせた佐敷先生が、砕けた様子で挨拶する。生徒会顧問だから当然だが、すでに十神とは見知った仲らしい。

そのまま俺と愛梨澄の背中を押し、先生は生徒会室に足を踏み入れた。

十神は目線で「この二人は？」と言っている。

先生は両手をパっと広げ、俺たち二人を紹介した。

「待望の生徒会役員です！　これで最低人数の四人は確保、生徒会も発足できます！」

「え⁉　本当ですか？」

十神は目を丸くして、俺と愛梨澄の顔を交互に見比べた。

「そういうわけですから、二人とも書類を提出してください。さあ早く！」

契約を急がせる悪徳営業マンみたいだな、と思いながら十神に書類を手渡した。

書類にさっと目を走らせた十神が、微妙な表情で黙り込んだ。

やや間があってから顔を上げ、俺に尋ねてくる。

「……失礼ですが、あの郡上さん、でしょうか」

「お前が指してるのがどの郡上かは知らんが、俺の苗字は郡上だ」

「失礼しました。郡上さんはその、有名人ですので」

有名人とは、思わず笑ってしまう。有るのは悪名の方だろう。

前にも言ったが、俺はこの高校で浮きまくっている。一部の先生にも怖がられているくらいだから、十神だって噂くらいは聞いたことがあるはず。

「……そうか」

うまい答えが思い浮かばず、曖昧に会話が打ち切られる。

マズい。高校に入って人間関係が薄くなったせいで、初対面の相手とどう会話すればいいのかわからなくなっている。

いきなり「俺、不良じゃないっす」と言い出すのも変だしなあ。

十神の顔を見ると、ぎくりとしたように肩を震わせた。しまった。目つきのせいでビビらせてしまったらしい。

そんな微妙な空気を打ち切ったのは愛梨澄だった。

俺と十神に割り込むように書類を手渡し、明るい声音で自己紹介する。

「はじめまして！　私は一年F組の由良です！」

「由良さん、ですね。はじめまして」

「こいつとは幼なじみなの。目つきと人相は悪いけど、これは生まれつき。別に睨んでるわけじゃないから気にしないで良いよ」

「そうなのですか?」

「うん。あと皆は不良だと思ってるけど、そういうタイプじゃないから。反抗期だから」

「おい。反抗期って、お前な」

「実際そうじゃん！　友達できないのも成績悪いのも授業態度悪いのも、その気になればなんとかなるのにやってないだけだし」

「俺の方にも事情ってやつが」

「私からすればその事情が反抗期だっつってんの」

「反抗期、ですか……ふふっ」

愛梨澄の言葉のチョイスに、十神が小さく笑った。

ばつが悪くなって頭を掻きながら、俺も釈明する。

「まあ、別に迷惑をかけるつもりはないから安心してくれ。俺だって留年したら困るしな」

「留年、ですか？」

「ああ。入れば留年を回避できるって交換条件で役員になったんだ」

「……佐敷先生、これはどういうことですか？」

驚いた表情で先生の方を振り向く十神。戸惑うのも当たり前だろう。

佐敷先生はいつものアルカイックスマイルを浮かべ、ちっとも悪びれた様子はない。

「郡上さんの言ってることは本当ですよ〜。色々と問題行動が積み重なって留年しそうだったので、生徒会役員になる代わりに進級させてあげようってことになっているのです」

佐敷先生はそのまま経緯の説明をした。

真面目な顔つきで一通り話を聞いた十神が、ううん、と困ったような声を漏らす。

「神聖なる生徒会役員の座を、そんな……」

果たして生徒会役員が神聖な役職なのかどうかは議論が分かれそうだが、十神の懸念はもっともだ。

普通の感性をしていたら、留年寸前の落ちこぼれが生徒会の一員になると聞いて、不安にならないわけがない。

生徒会は定員不足で困っているそうだが、それでも十神に難色を示されたら俺はどうなるのだろう。まさかこの場で留年確定なのか？

しかし佐敷先生は意に介した様子もなく、つらつらと話し続ける。

「現在はあくまでも留年の可能性がある、という段階ですよ。私だって顧問として生徒会の円滑な運営には責任を持つ立場ですから、根っからの問題児を役員にしようとは思いません。それに本当に不良なら、ここまで大人しくついてこないでしょう？」

「確かに、そうかもしれません」

「郡上さんはこう見えて温厚な性格ですし、生徒会に入りさえすれば変な行動はしないと思います。生徒会でもサボるようなら私に言ってください。お目付役の由良さんもいますし」

「私も貴樹は大丈夫だと思うわよ。中学では生徒会長だったし」

愛梨澄も援護射撃をしてくれる。

「わかりました。皆さんのことを信用いたします」

十神は納得したようにうなずいた。それから、俺に向かって頭を下げる。

「失礼なことを言って、申し訳ありませんでした」

「気にするな。失礼なことを言われても仕方ない噂は立ってるし」

「う、本当にすみませんでした……っ！」

「こら、十神さんが困ってるでしょ」

俺の頭をパシン、と愛梨澄がはたいた。

確かにやりすぎたかもしれない。立ち振る舞いに隙が無い十神の様子を見ていると、つい困らせたくなってしまったのだ。

「悪かった。本当になんも気にしてないから。よろしく頼む」

「ええ。こちらこそよろしくお願いします、郡上さん。もちろん由良さんも」

「はいはーい。十神さん、これからよろしく！」

愛梨澄も笑顔で手を挙げる。

その様子を見た十神はにこりと笑って、俺たちを迎え入れるようなポーズを取った。

「ようこそ。麗秀高校の生徒会へ！」

その顔は控えめに言って……かなり魅力的だった。

その後、少しやることがあると言った十神を残し、俺たちは生徒会室を後にした。

詳しい仕事内容などは明日、副会長が同席する場で説明するらしい。

この副会長は、前年度生徒会で書記を務めていた女子だ。残るメンバーは卒業したが、ただ一人前年度から継続して役員をしているという。

一応、前生徒会の面々も何かしらの行事で見かけたことがあるはずだ。が、俺はさっぱり思い出せなかった。学校そのものに興味がなかったから仕方ない。

「はーあ、それにしても貴樹が生徒会に入るなんて驚いたわ。演説会のときに聞いたらそんなつもりないって言ってたのに」

「盗み聞きしてたなら知ってるだろ。アレは半分脅迫だったからな」

「それでも、みすみす留年するよりは生徒会役員をやる方を選んだわけでしょ?」

愛梨澄はそう言って、したり顔で見上げてくる。

こいつは普段テキトーそうなくせに、たまに見透かしたようなことを言う。

「正直言って私、少し安心したわ」

「なんで?」

「本気で留年するんじゃないかって、少し心配だったからさ」

「俺にそんな度胸はないって」

「あははっ、それもそうか」

「お前、なんか機嫌よさそうだな」

「それはもちろん、貴樹が更生しそうだからに決まってるでしょ」

「更生って言うほどグレてない」

「それはそうかもね。アンタにそんな度胸ないし」

「割とバカにしてるか？」

「反抗期でグレてる男子高校生なんて、多少はバカにされても仕方ないわよ」

どこか保護者みたいな顔つきで、愛梨澄は笑った。

第二章　生徒会の仕事って意外と地味だよね

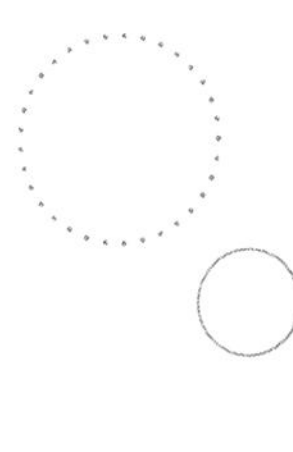

Bishojo seitokaicho no Togamisan ha kyomo ponkotsu de hoiteokanai.

留年阻止と引き換えに生徒会役員になった翌日の放課後。

俺は重い足を引きずりながら、生徒会室に向かった。

この半年間、面倒ごとからこれでもかと逃げ回ったせいか、仕事というものへの忌避感がすごい。

できれば俺以外の役員に仕事を押し付けて、楽できたらいいなあ……なんて邪な考えを浮かべているうちに生徒会室にたどり着いた。

役員はそれぞれ生徒会室の鍵を渡されている。中学校のようにいちいち職員室へ行って先生に声をかけ、鍵を貰う必要がないのはありがたい。

扉の前に立つとすでに中に人の気配があったので、俺はそのまま扉を開く。

「郡上さん、こんにちは。お早いですね」

生徒会室の窓際にいた十神が、俺の方を振り向いた。

手には小さな赤いじょうろを持っていた。どうやら、窓の前に置かれた観葉植物に水をやっていたらしい。

「十神の方こそ、早いな」

「なにせ今日は、生徒会が発足して初の仕事ですから。気合いを入れなくてはなりません」

そう言って十神は微笑んだ。

気合いどころか仕事を避ける方法に思いを巡らせていた俺は、ほんのり罪悪感を覚えて顔を逸らした。

しばらく待っていると、少しして愛梨澄がやってきた。

「あら二人とも、早いわね」

「遅いぞ、愛梨澄」

「こんにちは、由良さん」

俺たちが挨拶を返すと、愛梨澄は応接用のソファにカバンを置いて座った。

しばらくきょろきょろと部屋の中を見回し、ぽつりとつぶやく。

「それにしても、人数がこれくらいだと割と広く感じるわね。いちいち調度品の質も良さそうだし、学校の中にこんな部屋があるのって変な気分」

「生徒会は歴史もありますから、過去の先輩方が持ち込んだものがそのまま残されているんです。それに、麗秀高校の生徒会となればそれなりの格式も必要ですので」

「そういうもんかね……」

どうやら、金持ち私立ともなれば生徒会にも格式が求められるらしい。

俺のような落ちこぼれを入れて良かったのだろうか、と今さらながら不安になる。

その時、生徒会室の扉が大きな音を立てて開いた。


「みんな、遅くなってすまない！」


元気のいい言葉と共に飛び込んできたのは、黒髪をポニーテールに結った女子だった。

十神と同じく美人だが、目元が少し垂れているせいか近寄りがたさはなく、むしろどことなく人懐っこさを感じさせる。

血色のいい肌色に引き締まった体躯が、活動的な印象を抱かせた。

ネクタイの色を見るに、二年生らしい。

この人が残る最後の生徒会役員なのだろう。

「こんにちは、鳳来先輩」

「やあ十神。すまない、ホームルームが長引いてしまってな」

鳳来と呼ばれた先輩は、申し訳なさそうな顔で十神に謝った。

「私たちも先ほど来たところですから、気になさらないでください。それに、授業やホームルームの方が優先ですから」

「そうか、なら良かった……おお！　この二人が入ってくれた一年だな」

鳳来先輩はポニテを揺らして俺たちに向き直り、にっと魅力的な笑顔を見せた。

「私は二年の鳳来美鈴(みすず)。前年度の生徒会では書記で、今年度は副会長として役員を続投することになった。よろしく！」

鳳来先輩は、すっと手を差し出してきた。

一瞬なんのことかと戸惑ったが、どうやら握手を求められているようだ。

「ど、どうも。一年B組の郡上です。役職は、書記です」

手汗をかいてないか気にしつつ手を握り返す。

女子にしては手の平が硬い。この感触は豆だろうか。なにかスポーツでもやっているのかもしれない。第一印象からすると、剣道や薙刀(なぎなた)などの武道だろうか。

「うむ、郡上くんだな！　話は色々と聞いている」

「はは……悪い話じゃないといいんですが」

「気にするな。話だけで相手を判断するのは早計だからな」

「それは悪い話だったと言っているのと同義ですね」

「君は察しが良いな。役員として頼もしいぞ」

経緯はどうあれ褒められたらしい。これだけでうれしくなってしまう自分は、なかなかにチョロいのだろう。

すると隣にいた愛梨澄がジロリを俺を睨(にら)み、

「いつまで手ぇ握ってんのよ……」

と小さくつぶやいた。

いや、別に握りたくて握ってたわけじゃないんだぞ。そう心の中で言い訳して手を離すと、横からさっと愛梨澄が割り込んできた。その俊敏さに、海岸で観光客の食べ物をかっさらっていくトンビを連想する。

「あの、先輩！　一年F組の由良です。よろしくお願いします」

「おお、君は会計の子だったな。生徒会に入ってくれて本当にありがとう！」

妙に警戒心をむき出しにした愛梨澄が、じっと先輩を見つめる。向こうはなにも気にしていない様子で、がっちり握手する。裏表のなさそうな人だ。

「それにしても君は、なかなか珍しい髪色だな」

鳳来先輩が思わずといった様子で、じっと愛梨澄の銀髪を見ている。

成人ならともかく高校生で銀髪は珍しい。初めて見ると驚くのも無理はない。

「あー、これはその、染めてるわけじゃなくてですね……母が北欧の出身で」

愛梨澄が気まずそうな表情を浮かべる。今でこそ明るい性格の愛梨澄だが、小学生の頃は髪色でからかわれることも多く、そのせいでふさぎ込むこともあった。

初対面の相手に髪のことを聞かれると、当時のことを思い出してしまうのかもしれない。

なにか助け船を出そうかと思っていると、鳳来先輩が「なるほど」とうなずく。

「ずいぶん綺麗な髪だと思ったのだ。そうか、うらやましいぞ」

「そう……ですか。えっと、ありがとうございます」

愛梨澄が目を丸くした。先輩の素直な言葉に面食らったらしい。

握っていた手を離し、俺の横に戻ってきた愛梨澄が小声でささやいた。

「良い人ね、あの先輩」

俺も大概だけど、こいつもチョロすぎるだろ。

二人の様子を見守っていた十神が、うれしそうに微笑んだ。

「では皆さんの挨拶も済んだことですし、生徒会活動を始めましょう」

こうして、生徒会の初業務が始まった。


今年度の生徒会メンバーは会長が十神、副会長が鳳来先輩、書記が俺、会計が愛梨澄という構成になった。本当は庶務も欲しいのだが、居ないものは仕方ない。

「まずは生徒会の業務内容を説明するところから始めましょう」

十神がそう言うと、鳳来先輩が薄い冊子を渡してくれた。表紙には「生徒会マニュアル・令和最新版」と書いてある。ア○ゾンの日本語が怪しい謎の商品かよ。

「基本的な内容はこのマニュアルに書いてある。生徒会の共有サーバーにも置いてあるから、困ったらこれを確認してほしい」

表紙をめくって二枚目には、麗秀高校の組織図が載っていた。

麗秀高校の執行部は生徒会と各種委員会で構成されており、それと独立して運動部連合と文化部連合が存在する。パワーバランス的に生徒会は上位になっているが、委員会や部活連合も一定の権力を持つ。だいたいそんな感じらしい。

その後のページには、学校のイベントを軸にした一年の流れが図示されていた。その脇（わき）には、時期別に発生する生徒会の仕事も書き込まれている。

主な仕事は、部活動や委員会活動における予算の割り振り。それと文化祭や運動会、クリスマスイベント、入学式と卒業式、球技大会といった学校行事の運営。近隣高校と合同でのチャリティーイベント開催、地域の祭りやイベントに部活動が参加する際のやり取りなども管轄らしい。

「あとは部活動に関する相談や揉（も）め事（ごと）の仲裁、何かしら注目を浴びた生徒に関するメディアの対応、OB・OGに送るメールマガジンのコラム執筆なども仕事だな。教職員から細かい用事を頼まれることもある」

要するに、学校行事やその他諸々（もろもろ）を管轄する雑用係ってことだろう。

面倒くさそうだな……と心の中でため息をついたところに、十神が追い打ちをかけてくる。

「それらに加え、今年度からは『目安箱』の対応もありますね」

「目安箱？」

そういえば演説の時、そんなことを言っていた気もする。

「目安箱って、いろんな人の意見を募集するやつ？」

愛梨澄の言葉に十神はうなずく。

「そうです。今年の生徒会の目標は、『生徒に寄り添える生徒会であること』ですから。学校への要望だけでなく、学校生活に関するお悩み相談も幅広く受け付けたいのです」

「それは良い心がけだな」

鳳来先輩が感心したように言うと、十神は照れ臭そうにまばたきする。愛梨澄も尊敬のまなざしで十神を見つめている。

「ひとついいか？」

そこに口を挟んだ俺に、十神が落ち着いた表情を向ける。

「はい。なんでしょう？」

「今年はただでさえ生徒会の人数が少ないんだよな？　それなのに目安箱まで設置して業務量を増やすのは、得策とは言えないと思うんだが」

ただでさえ生徒会なんて面倒なのに、余計な仕事まで増やすなというのが本音だ。

だが、この発言自体は割と的を射ていると思う。

「うーん、言われてみればそうかも……」

考え込んだ様子の愛梨澄も、ちょっと納得しかけている。

あとひと押しでいけそうだ。そう思ったのだが、十神は首を振っている。

「人手不足なのは確かですが、公約で掲げたことですから」

「演説で言った公約なんて、どうせ誰も覚えてないんじゃ」

つい率直な感想が漏れてしまう。だが、鳳来先輩がきっぱりと答える。

「公約の無視は生徒会会則に反するからな。十神の言う通り、目安箱は設置しよう」

「生徒会会則？」

耳慣れない言葉に聞き返すと、鳳来先輩は生徒手帳の後ろの方のページを見せてきた。

鳳来先輩が指し示した部分には、こんなふうに書かれていた。


『生徒会は公約を果たすため、法および校則に違反しない範囲で全力を尽くすこと』


「……なんか無駄に仰々しいんですけど」

「ははは、相当昔に書かれたものだからな。要するに生徒会は、校則を守りつつ最大限に公約を守らなくてはならない、という意味だ。部活動規約や委員会規約よりも優先順位は上になる」

「うちの高校ってそんな面倒な規約がたくさんあるんですね」

「生徒会は色々な規則に従って動くからな。一通りは暗記しておいた方がいいだろう」

「マジっすか……」

英語の単語帳すらロクに暗記していない俺には荷が重い。

げんなりしている俺を見て、十神が小さく微笑んだ。照れ臭くなって頭をかき、視線を逸らした。

「それで、目安箱はどこに設置するの？」

愛梨澄の質問に、十神は滑らかに回答する。

「生徒会室脇の廊下に木製の箱を設置します。あとは生徒会の公式ＳＮＳアカウントでも受け付ける予定です」

「へー、本格的じゃん！　で、その箱は新しく購入するの？」

「いえ。数代前の生徒会も目安箱を設置していたので、それを流用します」

そう言って十神は、得意げな表情で戸棚の奥から箱を取り出した。

箱の前面には「目安箱」とプレートが付いていて、上面に横長の穴が開いている。ニュースで見た選挙箱の木製版という感じ。背面に鍵のついた扉があり、中身が取り出せるらしい。

「これで業務内容の説明は完了です。では、私はこれを置いてきますね」

「一人で大丈夫か？」

「ええ、問題ありません」

十神は箱を抱えて出ていった。

生徒会室に少し弛緩した空気が流れ、知らず知らずのうちに体から力が抜ける。

「まだなんも仕事してないのに疲れた……」

愛梨澄がぐでーっと机に突っ伏した。俺も同感だ。

その様子を見ていた鳳来先輩が、穏やかに微笑む。

「二人ともお疲れ様。紅茶を淹れるから少し待っててくれ」

先輩は戸棚から紅茶の缶を取り出し、慣れた手つきで淹れてくれた。電気ケトルにティーセットまで生徒会室に置いてあるとは、至れり尽くせりだな。

俺たちがティーカップに口をつけたタイミングで、鳳来先輩が口を開いた。

「そうだ。生徒会のメンバーとしてひとつ、聞いておきたいことがあったのだが」

「なんですか？」

俺と愛梨澄が視線を向けると、先輩は口元に手を当てて、少し恥ずかしそうに言った。

「その……君たちは付き合っているのか？」

「え？」「へえぁっ⁉」

俺と愛梨澄の声がシンクロした。

動揺で紅茶がこぼれそうになったのか、愛梨澄が慌ててティーカップを置いた。

「いや、別に付き合ってるとかそういうわけじゃないですよ」

「そうなのか？　随分と仲がよさそうに見えたが」

なおも疑問がありそうにしている先輩に、愛梨澄が頰を赤らめて説明する。

「わ、私とこいつはただの幼なじみなんで！　たまたま佐敷先生にセットで入れられただけで、その、一緒に生徒会に入ったら放課後も過ごす時間が増えるな～とかそんな邪な考えじゃないですから！」

「ふむ、失礼なことを聞いてすまない。仕事を始める前に、はっきりさせておきたくてな」

鳳来先輩はそこで遠い目をして話しだした。

「実は、前年度の生徒会にはカップルがいてな。周囲から見てもそれはもうアツアツで、その他の生徒会役員も陰ながら二人を応援していた」

「そうだったんですか」

「二人でこなせる仕事があったらそれとなく彼らに割り振ったり、二人っきりになれるタイミングを用意してあげたりしてな。自分のことではないにしろ、それなりに楽しかった」

「良いですね……周りから応援される恋愛って……」

愛梨澄がぽうっとした表情でつぶやく。

「由良はそう思うか？」

「はい！　だって、せっかく付き合うなら周囲から応援されたいじゃないですか！　告白の時も背中を押してもらったり、付き合ったあとも相談とかのってもらったり……そういうのって女子の夢だと思うんですよねー」

「うむ、ロマンチックだな。そういうのは私も好きだぞ」

「ですよねですよね！」

わいわいとはしゃぐ由良を見て微笑む先輩。一見厳しそうな雰囲気だが、恋愛に憧れる感性はあるようだ。

だが先輩はそこで表情を暗くして、一段低いトーンで続けた。

「ところが、だ。生徒会の任期が終わる少し前に、そのカップルが別れてな」

「えっ」

「いくら仲良しカップルでも、仕事でイライラしている時まで一緒なのがマズかったんだろうな。あれは地獄だった……仕事があるから避けるわけにもいかず、だからといって二人が一緒だと露骨に空気が重いし……私たちも色々と気にして仕事の効率が落ちるし……」

はあ、とため息をつく鳳来先輩。

確かに、コミュニティ内で付き合うとそういうリスクは伴うものだ。

中学でも、部活内のカップルが破局して部全体がぎくしゃくした、という話を何度か聞いた。大学にはサークルクラッシャーとかいうヤバい存在もいるらしいし、社内恋愛禁止の会社もあると聞く。

「だから、二人が付き合ってるのなら心配だと思っていたのだ。だが、付き合ってないなら心配ないな！　安心したぞ！」

「そ、そうですね……ははは……」

ほっとした表情でにかっと笑う鳳来先輩に、愛梨澄が微妙な声色で答えた。

さっきからはしゃいだり落ち込んだり忙しいやつだ。

俺は最初からなんと言っていいのかわからず、頼むから早く十神が帰ってこないかな……と願っていた。

沈黙が降りかけたタイミングで扉が開き、十神が戻ってきた。

「すみません、置き場所を掃除するのに少し手間取ってしまって」

「いやいや、楽しく雑談していただけだし気にしなくていいぞ。むしろ、大変だったなら手伝えばよかったな」

「日安箱の設置は私個人のわがままみたいなものですから、お気になさらず」

そう言って十神はコーヒーを淹れ、マグカップを持ってソファに座った。

とりあえず休憩するつもりらしい。

全員がそれぞれ飲み物に口をつけ、穏やかな空気が流れる。生徒会自体は面倒だが、こういうまったりした時間があるならそう悪くはないかもしれない。

そんなことを考えていたとき、十神が不意に口を開いた。

「あの、郡上さんと由良さんに、ひとつお聞きしたいことがあったのですが」

「なにかしら？」

十神はそう促してきた愛梨澄を見つめ、それから俺の顔を見つめた。

なんだ……？

やがて意を決した十神は、少し恥ずかしそうに頬を染めて言った。

「お二人は……お付き合いしてらっしゃるのですか？」

「ぶっっっっ!!」

愛梨澄が口の中に含んでいた紅茶を、俺の顔にめがけて思いっきり噴き出した。

「ばかっ、きたねえなお前!!」

「げほっ、こほっ……し、仕方ないじゃない！　けほっ」

俺は慌てて箱からティッシュを取り、びしょびしょになった顔面を拭く。

愛梨澄もハンカチを取り出して口や鼻を押さえたが、紅茶が気管に入ったらしくしばらくむせていた。

数十秒後。

ようやく落ち着いた俺たち二人を見て、得心した様子で十神が言った。

「その様子を見るに……お二人は付き合っているのですね！」


「「違う!!」」

俺と愛梨澄の声がきれいにハモった。

第三章　完璧生徒会長の裏の顔

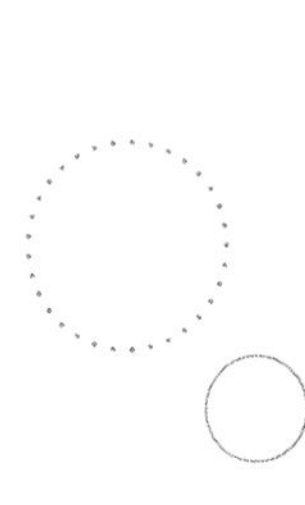

生徒会に入ってから数日が経過した。

校内掲示板で告知されたので、役員に俺や愛梨澄が加わったことも周知されたはず。

不良の汚名を着せられてきた俺だが、生徒会役員になれば見る目も変わるだろう。

と、思っていたのだが。

「なんで未だに不良扱いなんだよ……」

放課後。生徒会室のソファに座り、俺はげんなりとした表情を浮かべた。

隣に座っている愛梨澄がため息交じりに応える。

「うーん、これまでの積み重ねってやつ？」

「俺自身はなにも積み重ねてねえよ」

「しょうがないじゃん。周りの空気というか、イメージの話だから」

「はあ……」

俺のため息が生徒会室にむなしく響いた。

残念ながら俺の孤立した高校生活は続いていた。

Bishojo seitokaicho no Togamisan ha kyomo ponkotsu de hoitteokenai.

それどころか、俺のことを見てこそこそと噂するやつも増えた。むしろ居心地は少し悪化している。

十神に憧れを抱く連中からすれば、「なんでアイツが生徒会に？」って感じなのだろう。

「その件なのですが……佐敷先生が関わっているようでして」

「え、先生が？」

俺たちの話を聞いていた十神が、気まずそうな表情で切り出した。

佐敷先生が……一体なんんだ？

「おい、それはどういうことだ」

「実は、『一年の郡上が生徒会に入ったのは、生徒会長の下で更生させるため』と噂を流したそうなんです」

十神は言い辛そうにしながらもそう打ち明けた。

それってつまり……。

「要するに、俺は十神の下で性根を叩きなおされてる最中だ、って認識が広まってるのか？」

「確かに貴樹は留年阻止と引き換えに入ったわけで、完全に間違いってわけでもないわね」

愛梨澄が困ったような表情でつぶやく。

「明言してるわけじゃないと思いますが、親しい教職員にはそう示唆しているみたいです。時間差で生徒にもその噂が広まっているようですね」

「どうりで、俺を見る目が変わらないわけだ……」

そのまま俺はテーブルに突っ伏した。

くそう、生徒会に入ったのだから、多少はクラスから浮いてる状態が解消されるのではと期待もしていたのだが……。

この分じゃ、改善はまだ先の話だろう。

「でも、それってひどくない？　貴樹は一応、正規の役員なわけだし」

「私もそう思いますが、佐敷先生にも考えがあるんでしょう……たぶん」

すると、キャビネットの中身を整理していた鳳来(ほうらい)先輩が振り向いた。

「そうだな。佐敷先生にも事情があるのだ。今年の生徒会発足が遅れた件や役員の構成で、理事会から文句が出ているそうでな」

「文句、ですか？」

俺が尋ねると、微妙そうな表情で鳳来先輩がうなずいた。

「ああ。『会長の求心力に問題があるのでは』とか、『役員にスカラー組が二人も入っているのはどうなのか』とかだな。くだらないイチャモンみたいなものだが。そこら辺の言い訳に郡上の事情が使われたということだろう」

「生徒会の発足が遅れたのはわかりますが、スカラー組が二人……ってのは？」

俺の疑問に、鳳来先輩がはっとしたような表情を見せる。

「ああ、そういえば言ってなかったな。私も郡上と同じで、スカラーシップ待遇で麗秀に通っているのだ。実家もそんなに裕福じゃないからな」

「そうだったんですか。私も初耳です」

十神が目を丸くしている。

「隠していたわけじゃないが、わざわざ触れ回ることでもないからな」

「それで文句が出るってのがわからないわね。なんで？」

意味がわからないというふうな愛梨澄に、先輩は苦笑気味に答える。

「スカラーシップは公式な制度とはいえ、生徒の九十％以上は非スカラー組、要するに学費を払っているわけだ。人数比率的に少数派のスカラー組が役員の半分を占めるのは、役員も気に入らないのだろう。まあ、さっきも言ったとおりこれはイチャモンに近い。適当な理由をつければ納得する」

「なるほど。それで、俺の更生っていう名目が使われたわけですか」

「そういうことだな。まあ、最初っから根も葉もなければ先生も言わなかっただろうが」

半分くらいは合ってるのがまた、難儀な話だ。

その日の生徒会は、下校時刻ギリギリに解散となった。

俺と愛梨澄はまだ仕事こそ割り振られてないが、引き継ぎ資料を見て業務内容を覚えるので忙しい。十神と鳳来先輩は業務内容の教育の他、部活動予算の確認や他校への申し送り事項の作成など、もう実務に入っているようだ。

十神も生徒会に入って二週間も経ってないはずだが、そこはさすがに優等生。持つべきものはデキる生徒会長だな。

帰る途中、買いたい本があったので駅で愛梨澄と別れ、一人で駅ビルの書店に向かった。

文庫の新刊コーナーで目当ての一冊を見つけた。だが、ポップでオススメされている別の小説も急に気になってきた。

どんなもんだろうか、と試しに最初の方に目を通す。文章のリズムがよく、適度に先の展開が気になる話運びだ。引き込まれて立ち読みに没頭し、気付けば数十分が経過していた。

慌てて目当ての新刊と、立ち読みしていた本を手に取ってレジに並ぶ。

レジ待ちの間にリュックから財布を取り出そうとしたが、どこにも財布が見当たらない。

「あれ?」

後ろに人が並び始めていたので、いったん列から抜けてリュックを広げる。

だが、やはりリュックの中に財布は見当たらない。教科書や貸し出しのタブレットなんかと紛れているというわけでもなさそうだ。

学校で落としたのか?

「あ」

そういえば生徒会活動の途中で抜け出して、自販機でジュースを買ったのだった。生徒会室に戻って財布を机に置いたのまでは覚えているが、リュックに入れた記憶はない。

どうやら、財布は生徒会室に置き忘れてしまったようだ。

定期のＩＣカードはスマホケースに挟んでいるから、帰ろうと思えば帰れる。

だが、財布が手元にないのは気持ちが落ち着かない。

「取りに行くか……」

文庫本を本棚に戻し、すごすごと店を出た。


すっかり日の暮れた街を、学校まで戻った。夜風にほんのり涼しさを感じる。

麗秀高校は金持ち私立なだけあって、異様に広い敷地面積を誇っている。

周囲には木々が生い茂り、大仰な正門がそびえている。中央の並木道をまっすぐ抜けた先には、洒落(しゃれ)たホテルみたいな外観の校舎が並ぶ。

完全下校時刻は過ぎているが、まだちらほらと照明がついている。委員会や部活動、学校行事などに関連する用事であれば、許可を得て学校に出入りすることが可能なのだ。

守衛さんに学生証と顔を見せ、「すみません、生徒会室に忘れ物しちゃいました」と申告。

あとはゲートに学生証をタッチすればＯＫ。

昇降口で靴を履(は)き替え、非常灯だけがついた静かな廊下をコツ、コツ、と歩く。

夜の校舎は昼の校舎よりもずっと広く、廊下の長さも二、三倍くらいに感じられる。歩いても歩いても生徒会室にたどり着かない気がして、思わず早足になる。正直ちょっと怖い。

ようやく生徒会室前の廊下に出た。

「……ん？」

よく見ると、生徒会室の扉から灯（あか）りが漏（も）れていた。

一瞬、学校の七不思議という言葉が頭をよぎる。

この高校にそんなものがあるのかどうか知らんけど。

しかし、生徒会メンバーは全員で部屋を出て、そのまま帰っていったはずだ。

電気の消し忘れ、なんてこともないはず。

鼓動がやけにうるさいのを意識しながら、そっと扉を開く。

だが、明るい生徒会室の中に人影はない。

なんだよビビらせやがって……。いや、ビビってないけど。夜の校舎を一人で歩いたからって、全然幽霊とか連想してないけど。

心の中で謎（なぞ）の言い訳を展開し、俺は長机の方へ向かう。だが、そっちは空振りだった。

おかしいな、と思って周囲を見回す。

すると、応接用ソファとローテーブルの上に、異常な物体があった。

「どぅわっっ!!」

思わず大声を出してしまったが、これは仕方ないだろう。

その物体は人間、というかウチの女子生徒だった。

ソファに座って上半身をテーブルに突っ伏し、長い黒髪が血だまりみたいに広がっている。

よく見ると、両腕を枕にしているようだ。

俺はそーっと、その女子に近づく。幽霊じゃないっぽいが、まだ少し怖い。

「んう……」

女子はなにやら可愛らしい声を漏らした。どうやら俺の叫び声が目覚ましになったらしい。

長髪の隙間から、何枚かの書類が見えた。

その脇には開かれたままのノートPCにマウス、コーヒーが残ったマグカップも。

マウスを少し動かすと、ノートPCの画面が明るくなる。

画面には文書作成ソフトが表示されていた。なにかの書類を作成中のようだが、ほとんど空白。エクスプローラーを見ると、複数のフォルダを開いている。

しばらくPCを操作していると、ようやく女子が猛烈な勢いで起き上がった。

「はっ！　私、寝てました⁉」

同時に、ガツンッ、と何かがローテーブルにぶつかって揺れる。

「んんんうぅっっ⁉　い、いったぁ……」

女子は苦悶の声を漏らして足に手を当てた。どうやら起きた拍子にぶつけたらしい。

その頃にはさすがに、この女子が誰なのかわかっていた。

「……十神。おはよう」

「え？　あれ？　ここは……え!?」

しばらく寝起きの混乱状態にあった十神が、俺の存在に気付いてビクンと身を跳ねさせる。

目がしょぼしょぼしていて、割とがっつり寝ていたらしい。

動揺を落ち着かせようと、マグカップに手を伸ばす。

だが、寝起きで距離感を見誤ったのか、勢いよく取っ手にぶつかる。

ゴッ、と鈍い音を立てて横倒しになり、コーヒーがテーブルの上にこぼれた。

「ひぃやあああっ!!」

意外に可愛いらしい叫び声を上げ、咄嗟に書類を遠ざける十神。俺も慌ててノートPCを取り上げて、長机の上に避難させる。

「おい、十神！　ティッシュ！　ティッシュ！」

「あ、はい！」

バタバタとコーヒーを拭き取り、どうにかテーブルの上が落ち着いた。残っていたコーヒーが少なくて助かった。

さすがに一連の騒ぎで目が覚めたのか、すっきりした表情の十神が口を開く。

「おはようございます、郡上さん」

生徒会だ

「この状況ですまし顔できるって逆に才能だな……」

「奇遇ですね。こんな時間に生徒会室へ御用ですか?」

「五分前からついさっきまでの出来事が全部なかったことになってる⁉」

ストロングスタイルでごり押ししてくる十神だった。いくらなんでも無茶がある。

「まあ、コーヒーの件に関してはひとまず置いておきましょう」

「それを十神が言うのかよ」

とはいえ、俺の方も先に話しておきたいことがある。

ひとつため息をついて、本題に入ることにした。

「で、十神の方こそ、こんな夜の生徒会室でなにやってるんだ? もう完全下校時刻は過ぎてるし、さっき一緒に帰ったはずだろ」

「そ、それは……」

十神が口ごもり、避難させた書類やノートPCに視線を走らせる。

俺はもう、これらが何なのか気付いていた。

「これ、近隣高校への申し送り用の資料だよな」

「………」

「俺の記憶ではもう完成してて、明日中に提出って話だったと思うんだが」

「………」

十神は不自然なくらい首を曲げ、俺から頑なに視線を逸らし続けている。

まあ、十神がなにも言わなくても大方の想像はつく。

なぜか下校時刻後も灯りがついていた生徒会室。

一人居残っていた十神。

散乱した書類とノートＰＣ。

文書作成ソフトの中身は表題以外ほぼまっ白。

気合いでも入れるみたいに注がれていたコーヒー。

机に突っ伏してがっつり寝落ちしていた十神。

声をかけると動揺して足をぶつけた十神。

誤魔化し方が下手すぎる十神。

ここから導きだされる結論は。

「もしかして、まだ完成してないのか？」

たっぷり十秒は沈黙して、ようやく十神は裏返った声で答える。

「……そ、そそ、そんな訳ないじゃないですか」

「そんな訳ある人間の態度だな」

「郡上さん、証拠もないのに人を疑ってはいけませんよ」

「証拠が積み上がりすぎてるだろ！　だいたいＰＣを見れば一発だ」

「あっ！　待ってください！　見てはダメです！」

俺が立ち上がると、慌てた様子で十神も立ち上がる。

が、またもやガツンッ、と鈍い音がしてローテーブルが揺れる。

「いたあっ⁉」

足をぶつけた十神がその場に突っ伏した。天井じゃねえか。

「大丈夫か？」

「うう……同じ場所を二回も……。絶対あざになってますぅ……」

どうやら寝起きでぶつけた場所にまたヒットしたらしい。

涙目を浮かべる十神は気の毒だが、その隙に長机のノートＰＣを確認した。

文書作成ソフトの文書は、ほとんどまっ白だ。

テンプレートは流し込まれているようだが、ほぼ手つかずと言っていい。

視界の端で十神を見ると、さすがに観念したのか、しょぼんとした様子で座っていた。

モデルのようにすらっとした体を、今は申し訳なさそうに縮めている。

十神のやつ、もしかして結構なポンコツなのかもしれない。

「……はあ」

俺はため息をつく。

順調にいきそうだと思っていた生徒会活動。

そこに突如として、暗雲が立ち込めた瞬間だった。

俺と十神はソファに向かい合って座り、ひとまず状況を整理することにした。

ローテーブルには書類、ノートPC、マウスが並んでいる。事件の証拠品みたいだ。

十神は憮然とした表情で、自分から話しだすつもりはなさそうだ。

ノートPCの画面を十神に向け、ほぼ空白の文書ファイルを見せつける。

「この申し送り書類、明日中に提出なんだよな？」

「その予定です」

「できてないじゃん」

「できてませんね」

「堂々と返事をするな。脳がバグるだろ」

「でも、返事はしっかりしろと教えられましたので」

「返事だけ良くても仕方ないだろ」

こいつ、なんもわかってないのに「わかりました！」とか言っちゃうタイプらしい。

ジト目になった俺に、十神がわたわたと手を動かして釈明し始める。

「今日帰る時点では完成してたんです！　あとは鳳来先輩のチェックを受けるだけでした」

「ほう」

「ただ、帰る途中で一か所ミスを思い出して、今日中に直そうと生徒会室に引き返したんです。それで居残り作業をしていたら、その……不可解なことに文書が消えてしまいまして」

「は？」

「ミスとかではなく、なにもしてないのにファイルが消えたんです！」

「マジでなんもしてないのか？」

「本当です！　ただちょっと入力ミスをして、いろんなタブを開いてキーを触ってたら急に」

「それだよ原因は！」

話を聞いてて頭が痛くなってきた。

我らが生徒会長さんは、こんなに仕事ができない人だったのか……。

「それで作り直していたのですが、途中まで去年のフォーマットで作ってしまったり、ふと記憶が途絶えたりと難航しまして」

「難航って言うな。うっかりミスと寝落ちじゃねえか」

「まあ、そうとも言えます」

十神も分が悪いと感じたのか、唇をとがらせて黙り込んでしまった。

俺は仕切り直すようにソファの背もたれに体を預け、少し明るめに切り出す。

「とりあえず、十神が重度のポンコツなのはわかった」

「わ、私のどこがポンコツだっていうんですか！」

　十神から憤然と抗議がかえってきた。

「うっかり書類消して間違えた資料作ってコーヒーまで淹れたのに寝落ちして、挙げ句忘れ物取りに来た俺に見つかるって相当だろ。おまけに何度も机に足をぶつけてるし」

「……ぐぅ」

　ぐぅの音が出た。

　十神は胸のあたりを両手で押さえて屈みこむ。なにをしているのかと思ったら、手に持ったスマホに何事かささやいている。

「ヘイS◯i◯i。助けて……」

「S◯i◯iさんは賢いけどこういう時は役に立たないだろ」

「し、仕方ないじゃないですか！　他に頼れる友達とかいないんですから！」

「思いがけず悲しいことを知ってしまった……」

　まあ、周りから尊敬されているのと、頼れる友人がいるのとは別の話なのだろう。敬して遠ざけるって言葉もある。

「というか、郡上さんだって学校で浮いてるじゃないですか！」

「おま、それを面と向かって言われるとは……」

「ふふん、なりふり構っていられません。郡上さんこそ私のことを言える立場なんですか？」

「でも、俺には愛梨澄がいるし」

「友達というか幼なじみでは？」

「それは、まあ……」

「男子のお友達はいるのですか？」

「じゃあ聞くがお前は幼なじみがいるのか？」

「それはズルじゃないですか！」

「…………」

「…………」

「……この話はやめにしないか？　お互いに傷付くだけだ」

「……そうですね」

気まずい空気が充満し、俺たちは黙り込んだ。

やがて十神は、頭を両手で抱え込んでローテーブルに突っ伏した。

「はあ、終わりです……私の生徒会長としてのキャリアは今ここに終わりました」

「キャリアって言うほどやってない気もするが」

まだ生徒会が発足して一週間くらいしか経ってない。

「郡上さんはこれを証拠に『生徒会長の十神は偉そうにしてる癖(くせ)に全然仕事できないポンコツ』って暴露して私を失脚させるに違いありません……」

「そんなことしねえよ！」

「はは、良かったですね……これでお望み通り生徒会長の座はあなたのものです……」

「別に生徒会長への執着ないぞ俺は」

大抵の人間にはそんなものないだろう。そもそも生徒会長なんて面倒くさそうだし。

それでも十神のネガティブモードは止まらない。

「私は生徒会から追放され、これから一生『ポンコツ元生徒会長』の烙印を押されて後ろ指さされながら生きるしかないんです……」

「最悪でも高校卒業したら終わるだろ」

「ふふ、いいですね、次期生徒会長さんは余裕がおありで……」

「だからならねえよ」

「私の遺灰は海の見える丘に埋めてください……」

「灰になるな！　あと埋めないからな？」

憔悴した表情を浮かべる十神を見て、俺はため息をついた。

さすがに、このまま放っておくわけにはいかないだろう。

俺はノートPCを手元に引き寄せ、傍らの書類に目を通す。

確かに空白の部分は多いが、もともとのテンプレートはできている。この分量なら、一時間もあれば十分だと思う。

「今から終わらせるぞ」

「え？」

「書類作成。頭数が二人に増えたんだ。今のうちに終わらせないのは非効率だろ」

俺が言うと、十神は目を丸くして驚いていた。

が、すぐに立ち直ってソファにまっすぐ座り直す。

「え、ええ……そうですね。じゃあ、入力は私が担当します。多少ですがタイピングには自信があるので」

「わかった。任せる」

それから俺たちは二人で資料の作成を進めた。

十神のタイピングが速いというのは本当で、こちらが適切に指示すればスムーズに進む。たまに入力箇所を間違えるし、内容もズレてはいるけど。

やっぱり基本的なスペックは高いらしい。まあ、基本スペックが低すぎたら繕えるものも繕えないだろうしな。

作業に集中さえすれば後は流れ作業みたいなもので、一時間足らずで資料は完成した。

時刻はすでに二十時を回っていた。

我が家の料理当番は俺だが、今日は冷凍食品かスーパーの割引弁当で済ませよう。

「十神。家の人には遅くなるって言ってあるのか？」

ふと気になって尋ねてみる。

十神のことだから、すっかり忘れている可能性もある。

やはり十神は首を振ったが、しまったという様子はない。

「私の家は大丈夫です。気にする人はいませんから」

どこか引っ掛かりのある言葉だが、そこに突っ込むほどの関係性ではない。

「ま、十神が大丈夫なら問題ない」

これだけ美人の娘だったら、親だって多少は過保護になりそうな気もするが。家の事情について他人がとやかく言うものでもないだろう。


生徒会室の鍵（かぎ）を閉めた十神と、校門まで一緒に歩いた。

なにか言いたそうにしていた十神が、そろそろ校門に着くタイミングで口を開く。

「あの、郡上さん。今日のことなのですけれど」

「他の生徒会メンバーには、言わない方がいいか？」

先回りして言うと、勢いよく頭を下げた。

「お願いします。この通りです」

「ちょ、そんなことしなくていいから。顔上げてくれよ」

思わず周囲を見回すが、夜の学校に人の姿はなかった。

十神の長髪は夜闇（よやみ）の中で暗く沈み、白い肌が浮き上がって見える。ほの白い顔が真面目（まじめ）な表情を作る。

「今日のことはたまたまですので、気になさらないでください。今後、このような問題がないように気を付けます」

「今度から困ったことがあったら早めに言ってくれ。生徒会の仲間なんだから」

「いえ。今後はミスをしませんので、心配ありません。私は生徒会長ですから」

「まあ、業務に支障が出ないならいいんだけど」

「今日は本当に、ありがとうございました。じゃあ、私はこちらなので。さようなら」

すたすたと守衛室の前を通り過ぎ、駅の方向へと歩きだす十神。

こちらを振り返ることはない後ろ姿を見送りながら、俺はつぶやいた。

「いや、俺も同じ方向なんだが」

やはり十神は抜けているところがあるらしかった。

第四章　ポンコツ生徒会長は体育倉庫に弱い

Bishojo seitokaicho no Togamisan ha kyomo ponkotsu de hottekenai.

「はあ……参った」

夜の生徒会室で思いがけず十神と遭遇した翌日。

六限目の授業が終わり、放課後に突入した。クラスメイトの喧騒が響く教室の片隅で、俺は一人でため息をついた。

なぜって、もちろん昨日のことを思い返していたからだ。

「はあああああ～～～～」

俺はさらに深いため息をついて、眉間をぐりぐりと揉んだ。

その様子がさぞかし不機嫌そうに映ったのか、近くで談笑していたクラスメイトがこっちを見て顔を引きつらせる。

「ひいっ⁉　ご、ごめんなさい！」「すまん郡上、いや郡上さん！」「は、早くあっち行こうぜ」

「あ、郡上さん。ここ空けときますんで！」「どうぞご自由にお使いください！」「うるさくてすみませんでしたっ！」

「は？　いや別に、なんも怒ってないが……」

俺の言葉も聞こえない様子で、そそくさと荷物をまとめて教室を出て行った。

いや、違うんだ！　別にお前らになにか文句があったわけじゃないんだ！

……と言い訳する隙もない。

遠くで様子を見ていた別の生徒たちが、こそこそと話している。

「こわ……」『メンチ切ってる……』『やっぱり本場の不良だ……」

違う違う違う、メンチなんか切ってないし俺は不良でもない！

っていうか不良の本場ってどこだよ。深夜のドンキか高架下が思い浮かぶが、あいにくどちらも縁がない。

こういう時に手際よく弁明できないから、余計に誤解が深まるのだ。しかし、現状だと話しかけただけで怖がられるし。もしかして詰んでる？

まあ、過ぎてしまったことは仕方ない。

今はそれよりも、生徒会の問題を考えるべきだ。

生徒会っていうよりも、会長さん個人の問題というべきだが。

十神撫子(なでしこ)。

成績優秀で運動もでき、おまけに家柄もいい、まさに非の打ちどころがない完璧(かんぺき)超人。

この学校の生徒たちが抱いている、そして俺がこの前まで抱いていた十神のイメージはそんなものだ。

ところが、昨日の夜に見たあの姿。

割と単純な書類作成でさえミスをして、それを隠そうとして一人生徒会室に居残り、コーヒーまで淹れたのにテーブルで爆睡。それを俺に見つかるとあたふたして二回も足をぶつけ、なにやらネガティブなことをつぶやいて墓穴を掘りまくる。

あの姿が素の十神だった場合、割と面倒なことになる。

別に、裏表があること自体に文句はない。誰でも隠したい一面を持っているものだし、取り繕おうと努力しているのは素直に賞賛できる。

だが、それが俺の所属する生徒会の会長となれば話は別だ。

完璧と称される十神が会長なのだから、仕事は楽だろうと考えていた。

しかし、昨日みたいなことが頻発するのであればそうはいかないだろう。

これから先のことを思ってもう一度ため息をつきそうになる。だが、まだ教室にいるのを思い出してこらえた。これ以上に不良のイメージが定着したら、学生生活に支障が出る。

さっさと生徒会室に行きたいが、下手に動いたらまた誤解されそうだし、自分のいない場所で噂されるのも嫌だ。結局、クラスメイト全員がいなくなるまで、俺は机に突っ伏して寝たふりをしていた。

生徒会室に向かう途中の廊下で、佐敷先生に出くわした。

「あらあら郡上くん、お疲れ様ですねえ」

「あ、ども」

「生徒会の方はどうですか？　順調だと先生もうれしいんですが」

「それなんですけど……」

「あら、なにか問題でも？」

人に聞かれたくない話題だったので、俺たちは近くの空き教室に入った。

そして俺は、昨夜十神と俺の間に起きた出来事をかいつまんで説明した。

その間も佐敷先生はにこにこした笑みを絶やさない。

まるで全部、予想していたとでもいうように。

「あらあら、もうバレちゃいましたか。やっぱり郡上くんは鋭いですね〜」

ひとしきり話を聞いた佐敷先生は、呑気（のんき）にそんなことを言った。

食えない人だ、まったく。

「鋭いというか十神の自滅ですよ、あれは」

「ふふっ、それはそうかもしれません」

「佐敷先生は気付いていたんですよね。十神が、結構抜けてるってことに」

先生の前でポンコツとはさすがに言い辛（づら）い。

「ええ。生徒会顧問として、立候補の段階から十神さんのことはよく見てましたから」

「だったら会長への立候補は止めるべきだったんじゃないですか？　まずは副会長からとか、そんなふうに言って。正直、いつか問題になってもおかしくないですよ」

「ちょっと抜けているのも、親しみやすくていいと思いますけど」

「限度があります」

十神の出馬を知って辞退した候補もいたと聞いている。十神の立候補を止めていれば、そういう実務に長けた人間が会長の座に納まったかもしれない。

その方が、円滑な生徒会運営には都合がいいはずだ。

「私としては、十神さんは生徒会長にぴったりの人だと思いますよ？」

「本気ですか？」

「本気です。もちろん仕事ができるのに越したことはありませんが、生徒会長にはもっと大事なこともありますから」

「なんですか、それ？」

「生徒会にいれば、郡上くんにもいつかわかりますよ」

はぐらかされた、という感じではなかった。

佐敷先生の中には答えがあるが、それを口で伝える気はない。そんな気がした。

「でも現実問題として、仕事ができないのは困るでしょう」

俺は切り口を変えてみる。

するると佐敷先生は手を口元に当てて、「ううん」と可愛らしく悩んでみせる。

「確かに昨日の郡上くんは、いろいろ大変だったみたいですね」

「そりゃもう大変でした」

「下校時刻を過ぎた夜の生徒会室に、可愛い女の子と二人きりだなんて」

「意味もなく意味深にするのはやめてください」

確かに、状況を額面通りに受け取ればそうなるのだが……。

昨日はそこまで考えが回らなかった。

「でも、しっかりフォローしてくれたんですよね？」

「それは、そうですけど」

「無視してもよかったでしょう。それなのに手伝ったのはどうしてですか？」

「いや、あの状況で突き放せるほど人間性を失ってないです」

「ふふっ、やっぱり郡上くんは私の見立て通りの性格ですね」

「バカにしてます？」

「褒めてるんです。手を差し伸べて当然の状況でしっかり助けられる人間って、郡上くんが思っているほど多くないんですよ」

「そういうもんですかね」

先生の言わんとすることはわかるが、買いかぶられすぎている気もする。俺自身にそんな大層な人間だという自覚はない。

「任命したのが俺だっていうのは、さすがに見込み違いだったと思いますけど？」

「大丈夫です。これでも私、人を見る目には自信がありますから」

「高校の勉強についていけなくて不貞腐(ふてくさ)れて、落ちこぼれたような人間ですよ。周りからは不良だって思われてますし」

「うーん。確かに、郡上くんは成績も悪いですし、大半の教師からは嫌われていますし、学校に友達もいませんし、幼なじみの由良さんしか話し相手がいませんが」

「自分で言っておいてアレですが言われ過ぎてないですか⁉」

「大丈夫です。オブラートには包んでいます」

包まれてなかったら、不登校くらいにはなってしまいそうだ。

俺のツッコミを軽く受け流し、佐敷先生は口元に笑みを浮かべたまま話を続ける。

「郡上くんは、生徒会長選挙の演説会があった日に遅刻してきましたよね」

「そうですね」

「あの日、由良(ゆら)さんが松本(まつもと)先生に誤解されたとき、割って入ったと聞きました」

「ああ……そんなこともありましたね」

確か、俺を起こしにきた愛梨澄(ありす)が理不尽に注意されたので、教師に訂正を求めたはずだ。教師の名前までは知らなかったが。

「そういう行動が咄嗟にできる郡上くんのことを、先生は信頼していますから」

「あれは、幼なじみの愛梨澄だったからです」

「いいえ。もし相手が十神さんでも、同じように行動したはずですよ？」

俺はまた、返す言葉をなくしてしまう。

昨夜の俺が十神を手伝った時点で、佐敷先生の主張が正しいことは裏付けられている。俺が今さらなんと反論したところで、勝ち目などない。

「でも、俺は佐敷先生ほど自分を信頼してませんよ」

それでも俺は、負け惜しみをつぶやいてしまう。

反抗期だと笑う愛梨澄に言い返せない。

「大丈夫です。最終的に責任を持つのは先生ですから、郡上くんは好きなように行動してください。留年についても心配はいりませんよ」

「……先生。俺がこのままじゃ留年してたって話、嘘ですよね？」

確かに俺の成績と生活態度はボロボロだったが、わざわざ生徒会に入らなくても、補習や課題でもカバーできたはず。というか、そうするのが自然だ。

佐敷先生は最初から、俺を生徒会に入れる目的で動いていたのではないか。

「ふふっ、どうでしょう？」

佐敷先生は人差し指をあごの下に当てて、ミステリアスな微笑を浮かべた。

まったく、この人にはかなわない。

俺は会釈して、回れ右をして空き教室を出ていった。

佐敷先生は俺を見送って、いつものように微笑んでいるのだろう。そう確信して、意地でも振り返らなかった。

放課後の生徒会室には、すでに鳳来先輩と愛梨澄がいた。

俺はかなり遅れたのだが、十神の姿は見えない。

「お疲れ、郡上。今日は少し遅かったな」

「なにやってたの？　今日の仕事はほぼ終わっちゃったわよ？」

「すまん。ちょっと野暮用があってな」

そんな会話をしながら、リュックを長机に置く。

二人は事務仕事をしていたらしく、机にはいろんな書類やバインダーが散乱している。

よく見ると椅子のひとつに、十神が普段使っているスクールバッグが置いてあった。

ということは、生徒会に顔を出してはいるのだろう。

「十神はどこだ？」

「チェックが必要な備品があるとかで、体育倉庫に行ったわよ？」

「体育倉庫？」

「ああ。体育祭で使う道具の買い替えが、職員会議の議題になったそうでな。状態をチェックするように生徒会へ依頼があったのだ。授業でよく使う方じゃなくて、校庭の隅にある第二体育倉庫の方だな」

そういえば、運動部の部室が入ったクラブ棟近くの体育倉庫とは別に、校庭の隅にも古ぼけた倉庫があったのを思い出す。

第二体育倉庫には体育祭や学校行事でしか使わない、出番の少ない割に場所を取る備品が置かれているらしい。

「私も同行しようと言ったのだが、十神に一人で大丈夫だと断られてな。確か、二十分ほど前に出て行ったぞ」

鳳来先輩がそう教えてくれる。

校舎の隅にある生徒会室から校庭の体育倉庫までは、少し距離がある。まだ帰ってこないこと自体に不審はない。

だが、十神が一人で体育倉庫に行ったことが気にかかる。

「……まさかな」

「なに？　どうしたのよ貴樹」

俺のつぶやきに、愛梨澄が怪訝（けげん）そうな表情を浮かべる。

あまりにもベタすぎる想像だ。しかし、昨日の十神を思い返すと油断はできない。

「いや。遅れてやってきて仕事をなにもしないっていうのも悪いし、念のため体育倉庫の方に行ってみる。もしかしたら、なにか仕事が余ってるかもしれないし」

「へえ、アンタがそんな殊勝なこと言うなんて、明日は雪でも降るの？」

「俺のモットーは謹厳実直だ」

「七年近く一緒にいて初耳だし、そんなモットーの人が留年しそうになるわけないでしょ」

「ぐ、それはだな……」

愛梨澄と小声で言い争っていると、鳳来先輩が仕事の手を止めてこちらを見た。

「郡上、それだったら私も同行しようか？　こちらの仕事もほとんど終わっているし……」

「いえ、結構です！　俺ひとりで大丈夫ですんで！」

「そ、そうか……？　ならいいのだが」

慌てて遮（さえぎ）った俺に、鳳来先輩が戸惑ったような表情を浮かべる。

まさかとは思うが、そのまさかがあった時に誰かが一緒にいると、色々と不都合がありそうだからな。

麗秀高校の校庭は校舎群や中庭がある階層から、二十段くらいの階段を下った少し低いところにある。校庭と同じ階層にはテニスコートや体育館、格技場などもある。体育館と格技場は校舎から階段と渡り廊下でつながっている。

噂の第二体育倉庫は校庭の端にあり、その奥は木々の生えた斜面になっていた。運動部の部室が並んだあたりからやや離れているため、周囲に生徒の姿はない。

扉に近づくと、入り口の南京錠は外されていた。

「おーい、誰かいるのかー？」

俺は中に呼びかけながら、金属製の重い扉をスライドさせる。

ガコン、となにかが突っかかるような音がするが、鍵がかかっているというわけではなさそうだ。

ギイイッ、と音を立てて扉が開く。埃っぽい倉庫内には電気がついており、古ぼけた綱や体操マット、スノコなどが壁際に並べられているのがわかった。

「きゃっ⁉　だ、誰ですか……？」

「十神、いるのか⁉」

ぱっと見たところ人の姿はなかったのだが、倉庫の中から十神の声がした。微妙にくぐもったような声ではあるものの、中にいるのは間違いないらしい。

どこだ？　どこにいる？

ぐるりと倉庫内を見回すが、やはり姿は見えない。

「郡上さんですか？　ここです、ここ！」

声を気にしているのか、少し抑えた声量の十神。その声に導かれるまま、かなり高いところにある明かり取りの窓に目を向ける。

外に面した窓から下半身が生えていた。

…………。

…………………!?

ガチャン。

体育倉庫の扉を閉めた。

いったんここは、冷静になって問題を整理してみよう。

前提その一。人間は下半身だけでは生きられない。つまり、下半身があれば一般的に上半身もくっついている。

前提その二。窓から人の下半身が生えることはない。つまり、窓から下半身が見えているなら、上半身が向こう側に存在する。

前提その三。体育倉庫の中には十神がいる。そして、十神は重度のポンコツだ。

ここから導かれる結論は一つだが、俺としては結論なんか無視して回れ右して帰りたい気持ちで一杯だった。もうなにもかも打ち捨てて、竹林の七賢にでもなって静かに生きたい。あり得ないポンコツ人間の尻ぬぐいなんかしたくない……っ！

「郡上さん!?　私、中にいます！　窓のところです！」

「……はあ」

再び中から声がして、俺は観念してため息をついた。

よく聞いてみれば、扉を閉めていても倉庫の反対側から声が聞こえてくる。上半身は外壁の向こうにあるのだろう。

取っ手を持ったままの腕に力を入れると、ギイイッ、と先ほどより軽い音がして扉が開く。

薄暗い倉庫の中、窓から突き出た下半身が入り口と窓から入ってくる光にぼんやりと照らし出された。まるでシュールレアリスムの絵画みたいだ……と思ったが、さすがにシュールレアリスムに謝った方がいいかもしれない。

両脚は積み重ねられた体育マットの上に立っており、丁度俺の目線あたりに太ももが見える。

端的に言えば、十神は壁尻状態になっていた。

……こんなに情けない現状報告ってあるか？

「えーっと、この脚って十神のやつか？」

「私の脚です」

「窓枠にハマって動けないんだよな？」

「見てのとおりです」

窓の向こうから、ややくぐもった返答が聞こえてくる。

この場合、俺って脚に向かって話しかければいいのか、それとも壁の外にあるはずの顔に話しかければいいのか、どっちなんだろうな……？

折衷案で体の見えるギリギリ、窓と内側の境目あたりにある腹めがけて話しかける。

「いくつか質問していいか？」

「ええ。なんでもお聞きください」

「どうして下半身の分際で頼もし気な返答ができるんだよ」

窓枠にハマった人間から出るのが信じられない凛とした声で返事がかえってきて、思わず突っ込んでしまう。

「失礼ですね。上半身もあります」

こっちからは見えないので実感が伴わない。

小一時間ほどこの件について問い詰めたいが、時間がもったいないのであきらめよう。

「まず最初の質問だが、もしかして十神が窓枠にハマってるのは、特殊な類の趣味だったりするのか？」

「はあ？　体育倉庫の窓に体を突っ込む趣味がこの世にあると思ってるんですか？」

「ないのは百も承知だが、可能性に賭けたくなったんだよ！」

「すみません、今は時間が惜しいので無駄な話はやめましょう」

「下半身に正論っぽいことを言われると本当に腹が立つな……！」

「それと、郡上さんはさっきから私のことを『下半身』と呼んでいますが、私には上半身もあります」

「……このままで大丈夫なら、帰ってもいいんだが？」

「すみません郡上さん、どうか私を助けてください」

軽く脅してみたら素直になる十神だった。

これができるなら最初から下手に出てほしい。というか、窓枠にハマった状態で下手に出ない選択肢があるのがおかしい。


手短に事情を聞いてみたところ、十神は体育倉庫での作業を済ませ、外へ出ようとしたら扉が開かなかったという。それで仕方なく窓からの脱出を試みたものの、窓枠にハマってしまい現在に至る。

そういえば俺が倉庫に入った時、何かが突っかかったような感触があった。

扉の方に戻ってあたりを探ると、扉の脇に置いてあったスノコがズレた形跡がある。

「十神、ここにあるスノコって触ったか？」

「スノコですか？　作業に邪魔だったので、少し動かした記憶があります」

「なるほどな」

どうやらこのスノコが引き戸の動く先にあったせいで、扉がつっかえてしまったらしい。

少なくとも、誰かに故意に閉じ込められたというわけじゃないようで安心する。

だが、自爆でうっかり窓枠にハマるポンコツさには不安が募った。まだ誰かに閉じ込められた方が、対策できるだけマシだったまでである。

改めて十神（の下半身）に目を向ける。

こっち側からはスカートと脚しか見えなくて、間抜けなことこの上ない絵面だ。しかも抜け出そうとジタバタしたせいか、ちょっとスカートがめくれ上がっているのも気になる。俺が触って直すわけにもいかないし、心臓に悪いぞ……。

あまりにも情けない十神の現状を確認し、俺は頭を抱えてため息をついた。

「はあ……なんでこんなことに……」

「郡上さん、今は落ち込んでいる場合ではありません。どうやったら誰にもバレずに脱出できるのかを考えましょう」

「お前はなんで壁尻状態で堂々とできるんだよ」

「かべじり……なんですか、それは？」

しまった。うっかり壁尻と口に出してしまったが、そこそこセンシティブな表現だったかもしれない。

いや本当に、俺だって別に好き好んで知ったわけじゃないんです。このご時世、インターネットを見てたらそういう知識を受動喫煙するのは避けられないわけで。

「気にするな。それよりこの場を切り抜ける方法を考えるぞ」

ダラダラして他の生徒に見つかれば、我らが生徒会長さんが体育倉庫の窓枠にハマるアホの子だと思われかねない。

実際そうではあるのだが、生徒会の威厳は地に落ちるだろう。

生徒会の仕事がやりにくくなれば俺にとっても不利益（ふりえき）なので、やや不本意ではあるが十神を助けるしかない。

「ちょっと待ってろ」

俺はいったん、倉庫の外に出て十神（の上半身）の様子を確認しに行くことにした。

第二体育倉庫が校舎の隅にあったのはラッキーだった。外に出ると、運動部の生徒たちはグラウンドのやや離れたところで活動しており、こっちに目を向けている連中はいない。

木々の茂った斜面に面した、倉庫の裏手に回る。

十神の上半身は、俺の背より頭ひとつ分くらい高い場所からぬっと突き出ていた。

ロングの黒髪が重力で垂れさがっているのもあって、内側に下半身が埋まっていると知らなかったらかなり怖い。夜道で出くわしたら腰を抜かすだろう。

デザインが人気の麗秀のブレザーも、無理をして窓枠を通過したせいか薄汚れている。

「……よう」

俺はなんと言っていいのかわからず、軽く手を上げて十神（の上半身）に挨拶（あいさつ）する。

十神は気まずそうな顔つきで俺を見下ろした。こんな時でも顔立ちは整っているのが、憎たらしいというかなんというか。

「どうも」

「なんか久しぶりに会った気がするな」

「そんなわけないでしょう。まさか私の上半身と下半身が別物だと思ってるんですか？」

正論ではあるんだが、窓枠にハマっているやつに正論を説かれたくはない。

発言内容よりも誰が言っているのかが重要、という言説にはやや懐疑的だった俺だが、今ばかりは納得せざるを得ない。

気を取り直して会話にリトライ。

「えっと……元気か？」

「窓にハマっても元気な人がいたら、一目見てみたいですね」

「だよなあ」

「最悪の気分です。はあ……」

げっそりした表情の十神が、小さくため息をついた。

中にいた時はわからなかったが、こうして顔を見ると多少は凹(へこ)んでいるらしい。上半身が窓から突き出て、それを外壁についた手で支える体勢も大変そうだ。

どうにかしてやりたい気持ちが三割、早く帰りたい気持ちが七割で、とりあえず建設的な案を出してみる。

「そのままずーっと後ろに下がる感じで戻れないのか？」

少なくとも中から外に出られたのだから、上半身が戻る余地はあるはずだ。

しかし、十神は頬を赤らめて答えた。

「それがその……出るときは無理してどうにか抜けられたのですが……戻ろうとすると胸がつっかえてしまって」

「ああ、その大きさじゃ……ごほん、まあ、事情はわかった」

十神の胸はなんというかその、まあ、一般的な範囲からやや外れた大きさではある。そのせいで、フックみたいに窓枠に引っかかってしまうのだろう。

胸がデカすぎるのも考え物だな……いや、普通に生きてたら窓枠に引っかかるわけないんだけど。

「逆にこう、後ろから押せばそのまま出られる感じなのか？」

「できるかもしれませんが、壁に近い上に高さがちょうどギリギリで、脚の踏ん張り場所がないんです。抜けるとするなら壁についた手を思いっきり押すことになりますが、そうすると頭から落ちてしまうかと」

「なるほど。それは確かに危ないな」

今の十神の上半身は、地面から二メートル近い位置にある。地面は未舗装の土とはいえ、このまま前のめりに落っこちたら骨くらい折れてもおかしくない。

「わかった。どうにかする」

俺はいったん倉庫の中に戻って、台座になりそうなスノコを何枚か運び出し、十神（の上半身）の下あたりに並べる。そして、クッションになりそうな体操マットを敷き詰めた。サブの体育倉庫に保管されていたマットだから埃っぽいが、それくらいは我慢してもらおう。

十神（の上半身）とマットの距離は一メートル半くらい。意味があるのかどうかは不明だが、ないよりはマシだろう。噂では十神は運動神経がいいらしいし、受け身だって上手いと信じることにする。

「両手が使えれば、たぶん大丈夫だと思う」

「ありがとうございます！　では、郡上さんは後ろから私を押してください。そうすれば前のめりに抜けられると思いますので」

「了解。危なかったら言ってくれ」

体育倉庫の中に戻った俺は、十神（の下半身）と対面した。なぜだか、久しぶりに会ったような気持ちになる。

そういえば今日の俺、上半身と下半身のどっちと多く会話してるんだろうな……？

意味もない疑問を浮かべていると、外から十神の声がした。

「では郡上さん。思いっきり押してください」

「おう……ん？」

返事をした俺は、ふと固まった。

ひとくちに「押す」と言ってしまったが、俺はどこを押せばいいんだ？

目の前にいる十神（の下半身）は上から順に、尻、太もも、膝の裏、ふくらはぎ、足首、ローファー。

……どこを押しても、ひどく犯罪的な絵面になってしまいそうな感じ。

「どうしたんですか郡上さん？　押してください！」

外から催促してくる十神に、とりあえず聞いてみる。

「えーっとだな、十神」

「なんですか？」

「俺は、一体どこを押せばいいんだ？」

「それはもちろん、お尻……いえ、太もも……？　ええっと、その……」

「…………」

十神もこの方法の問題点に気が付いたのだろう。

気まずい沈黙が流れる。

「…………」

「…………………」

「……あの、郡上さん」

「おう」

「私は、壁についた手を思いっきり踏ん張って抜けます。郡上さんは外に出て、私が安全に落ちられるようにサポートしてくれませんか？」

「了解した」

俺はそそくさと倉庫を出て、十神（の上半身）のもとへ向かった。

十神はすでに壁に両手をついて、踏ん張る準備を整えていた。

「それじゃあ私、頑張りますので」

「わかった。俺は十神の下あたりに待機して、もし危なくなったら支える」

「お願いします」

そう言って十神は、「う〜〜〜〜ん」と声を上げて両手に力を入れた。おそらく脚の方でもマットを蹴り上げているのだろう。

じりじりと十神の体が窓枠からこちら側に出てくる。それと同時に、バランスの崩れた上半身が俺の方に向かって倒れてくる。

「きゃあっ」

ぐらり、と体が揺れると共に、十神が小さな悲鳴を上げた。

両手で窓枠をつかみ、宙ぶらりんの微妙な体勢になる。

「ちょ、ちょっと待ってもらっていいですか⁉」

「大丈夫、落ちても俺が受け止める」

「それでもこの体勢は怖いんです！　日常生活であり得ない視界の角度ですし！」

「窓枠にハマる方があり得ないだろ！」

「私は人生で三度目です！」

「そんな外れ値の人生は知らん！」

とんでもない情報を聞かされてしまい、つい突き放してしまった。十五、六年の人生で三度も窓枠にハマる人生ってなんだよ。そもそも、窓から出ようとする機会が脱獄を企てる囚人以外で思いつかないいんだが？

「早く出ないと誰かに見つかるぞ！　頼むから頑張ってくれ！」

「うう……なんで私がこんな目に……」

それは俺のセリフだと言いたい。なんで俺は、窓枠にハマった女子を受け止める役目を買って出ているのだ。

「もうダメかもしれません……抜けられる気がしないです……」

「おい、あきらめたらそこで試合終了だぞ！　少なくとも生徒会長としては終了する！」

うつろな目をして薄笑いを浮かべた十神が、ぼそぼそとネガティブ発言をつぶやき始めた。

そういえば昨日も生徒会室でこんな感じになってたな。普段は自信満々に見える十神だが、根っこの方では割とネガティブなようだ。

「ふふ……私は一生窓枠にハマったまま生きていくんです……動けないから太ってますますお腹が窓枠にフィットしてしまいます……」

「さすがに誰かが見つけて抜け出せはするだろ」

「あはは、そうですね……窓枠にハマった生徒会長として有名人になっちゃいますね……末代まで麗秀高校の語り草になるんです……」

「……まあ、先生の授業中の雑談ネタにはなるだろうな」

「ああ、それはちょっと否定してほしかったんですけど！　や、やっぱり誰かに見つかるのは嫌です！」

ひとしきりネガティブを発散した十神は、気力を奮い立たせて再び両手に力をこめる。

「ぐぬぬぬぬ……」

「いいぞ、その調子だ」

「うぐぐぐぅぅぅぅ……んんぬぅぅぅぅ……あっっぐぅぁぁぁぁ……」

女子から出てはいけない声が出ているが、そもそも窓枠にハマる時点で女子にあるまじき所業なのでスルー。

そうこうするうちに、十神の腰のあたりまで外に出てきた。

「いいぞ十神！　その調子だ！」

「あの、郡上さん……」

「なんだ⁉」

「お尻が、その……引っ掛かって……」

「気合いで縮めろ」

「無茶言わないでください！」

「大丈夫、俺の見立てでは十神の尻は胸より小さい！」

「い、いつの間にそんな最悪の見立てを⁉」

　恐怖のこもった視線を向けてくる十神。まさか、窓枠にハマった女子からドン引きされてしまう日が来るとはな。

「それは口から出まかせだが、なんかそんな気はする！」

　本当はさっき十神の下半身と会話してる時に目測したのだが、それを言い出すとまたドン引きされそうなので隠しておく。

「……確かに、胸部はブレザーも分厚いですし、中にも色々と着てますからね。それに比べれば布地が薄い分、お尻の方が通りやすいかもしれません」

　危機的状況のあまり、十神もめちゃくちゃ建設的な意見を出してくる。俺はつい、「ゴキブリは追い詰められるとＩＱが爆発的に高くなる」とかいう眉唾モノの説を連想してしまう。できれば窓枠にハマる前に頭脳を発揮してほしい。

「その心意気だ。重力的にしんどいだろうが、なんとか脚を持ち上げるとかで重心をこっちに傾けられないか？」

「わかりました、やってみます！」

十神は両手を外壁に突っ張って、ぐぐっと身を乗り出す。

すると、斜め下を向いた姿勢のまま、十神が俺の方にずり落ちてきた。

「ぐ、ぬ、ぬ……きゃっ‼」

「大丈夫、その調子だ！」

俺は十神が顔面から真っ逆さまになるのを防ごうと、横から十神の脇の下あたりに両手を滑り込ませて支える。

このままゆっくり下ろせば、衝撃もほとんどないだろう。

「郡上さん、私の、その、胸を触ってます！」

「これは脇！　脇だから！」

「本当ですか⁉　いやでも、ちょっとその、若干ズレてるんじゃないでしょうか⁉」

言われてみれば、なんとなーく正体不明の膨らみっぽいものを手に感じないではない。

それはあくまで可能性の話であり、脇の一部である可能性だって否定できない。だが、

ともかく、今は十神を軟着陸させるのに精一杯なので、感触など気にしている余裕はなかったのは本当だ。それとなく手の位置を脇側に修正して誤魔化す。

「今はそんなこと気にしてる余裕がないんだよ！　仮にうっかり触ってたとしても目をつぶっ

てくれ！」

「こ、これは痴漢というやつではないですか⁉」

「ケガしたくなかったら静かにしてろ！」

文脈がなければ犯罪者にしか聞こえないセリフを吐き、俺は必死で十神の体を支える。

十神はスタイルがいいけれど、さすがに人間一人は重い。足もプルプルと震えてしまう。

「き、きゃあああっ‼」

「うおおおおおっ‼」

十神（全身）が一気にずり落ちてきて、マットの上に投げ出される。衝撃を軽減するため、俺はその下敷きになった。

十数秒ほど、俺たちは体を折り重ねたまま、マットの上で荒い息をしていた。俺も十神も弛緩（しかん）して、軽い放心状態になっている。

……別に深い意味はないのだが、文字にするとなぜか深い意味になってしまうのが不思議。

「はあ、はあ、はあ……十神、大丈夫か？　ケガとかないか？」

「え、ええ……郡上さんこそ、すみません。私の下敷きに……あっ」

慌てた様子で十神が飛び退（の）いて、俺は重みから解放される。いくらスタイルが良いとはいえ十神は身長も高いので、さすがに少し重かった。

「郡上さん、本当にケガはありませんか？」

「大丈夫だ。こっちこそ、さっきは体を触って悪かった」

「いえ、緊急事態でしたから……気にしていません」

「それはよかった。訴えられたらたぶん負けてたしな」

「助けてくださった恩人にそんなことしませんし、さすがに情状酌量とかあるんじゃないでしょうか……？」

軽口を叩き合って、ようやく二人とも冷静さが戻ってきた。

ひとまず証拠隠滅のため、並べたマットとスノコを手分けして倉庫へ戻す。さすがに十神は疲弊しているんじゃないかと思ったが、思いのほか体力はあるようで、元気にスノコを抱えて運んでいた。

一通り後片付けが終わり、俺は倉庫の隅に腰を下ろしてひと息つく。

「ふう、これで終わりだな」

「あの……」

「ん？」

「本当にありがとうございました。郡上さんは私の恩人ですね」

そう言って、埃まみれの制服姿で微笑む十神は、心底安心した表情を浮かべていた。そんな顔を見たら、たまっていた毒気も抜けてしまう。

……まあ、困っている人間を助けること自体に文句はないのだ。それが我らが生徒会長であり、重度のポンコツだというのが問題なだけで。

「昨日に引き続きこんな姿を見せてしまい、すみません」

「あんまり気にするな。誰にだってこういうことは……まあ、あったりなかったりする」

「慰めになってません！　……はあ。本当に、郡上さんにはご迷惑をかけてばかりです」

その姿はいつもより丸まって見えて、やはり凹んでいるようだ。これまで隠してきたポンコツが立て続けにあらわになって、ショックなのかもしれない。

「なあ、十神」

「なんですか？」

「このこと、他の生徒会のメンバーに言ったらダメか？」

「え？」

十神の目が揺れ、怯えたような色を見せる。

俺は威圧的にならないように、努めて自然な声色で話す。

「まあ、なんだ。立て続けにこういうことが起きた以上、いつまでも生徒会のメンバーに隠し通すのは難しいだろ。それなら最初からポンコツ……いや、ちょっと抜けてるところがあるって打ち明けておいて、サポートを頼んだ方がスムーズなんじゃないか？」

そうした方が俺の負担も減るだろうし、十神のポンコツが外部に露呈する危険性だって減るだろう。

留年回避のために生徒会に入った俺としても、十神のせいで生徒会運営に支障が出るのは避けたい。ポンコツなのを隠したいであろう十神には悪いが、多少の恥はかいてもリスクを下げる方が効率的だ。

そう思ったのだが、十神は浮かない表情でうつむく。

「私は……」

「ん？」

「私は、完璧じゃないとダメなんです」

十神の口から絞り出された言葉。

声こそか細いが、その裏にはっきりとした意志を感じさせる。

「私が認められるには、それしかないんです。だから生徒会長の仕事も、完璧にこなさないとダメなんです。こんなふうに、体育倉庫の窓枠にハマるような人間だとバレるわけにはいかないんです」

そりゃ窓枠にハマるような人間だと知られたら恥ずかしいけれども。

「でもなあ、現に仕事にも支障が出てるわけで……」

俺が拒否しようとすると、十神はガバッと頭を下げた。

艶（つや）やかな黒髪がはらりとこぼれて、毛先が地面につきそうになる。

「お願いします!!　郡上さんが黙っていてくださるなら、なんでもやります!!　郡上さんの書記としてのお仕事をすべて私がやるとか、授業の課題をすべて肩代わりするとか」

「………」

なおも黙りこくっていると、十神は両手を胸の前で握って上目遣い(うわめづか)いで体を寄せる。

「なんだってして差し上げます！　そ、その、男の人はえ、えっちなこととか好きだと思うので、そういうことでも、私は……」

「ちょっと落ち着け、十神」

「あいた」

暴走気味になっている十神の頭を軽くチョップではたく。

十神は反射的に頭頂部を両手で押さえる。

それでようやく、自分が変なことを口走ったことを自覚したようだ。

「す、すみません。私、変なことを」

「いったん冷静になって話そう。な？」

「はい……」

しゅんとしおらしくなった十神だったが、それでも意志は変わらない様子。

真っすぐ俺の目を見つめて、真剣な表情で訴える。

「郡上さん、改めてお願いします。どうか昨日や今日のことは、黙っていてくれませんか？」

「さっき、完璧になって認められたいって言ってたな」

「そうです。正しい生徒会長にならないといけない、事情がありまして」

「まあ……なんとなく、気持ちはわかる」

俺にも、誰かに認められたいと願う時期があった。

小学校の頃に病気で母さんが亡くなり、父さんと二人暮らしになった。ところがその父さんも海外へ単身赴任が決まり、転校を拒んだ俺は叔母さんと一緒に暮らすことになった。

父さんは日本を離れる前、「貴樹が高校生になる頃に戻ってくる」と言った。

だから俺は、日本に帰ってきた父さんに胸を張れるように必死で努力した。中学では三年間ずっと成績優秀だったし、生徒会長だって務め上げた。高校受験にも全力を注いで、名門の麗秀高校に入学した。忙しい父さんとはビデオ通話すら滅多にできなかったけれど、それでも俺は信じていた。

日本に戻ってきたら、父さんは俺を見て喜んでくれる。褒めてくれる。

そんな俺の期待は、高校入学直前に受けた「帰国が延期になった。たぶん、あと三年は帰れないと思う」という連絡で水泡に帰した。

さすがに落ち込んだ。春休み一杯は勉強も手につかなかったし、入学式も愛梨澄が誘ってくれなかったら行けなかったかもしれない。

入学してしばらく経つと気持ちも切り替えられたが、その矢先に骨折して現在に至る。

最後のひと押しは骨折と中間テストだったけれど、その前提に虚無感があったのだろう。

どれだけ努力しても、自分にはどうしようもないことで無駄になる。そんな虚無感が、俺の中に今も横たわっている。

「全部、無駄になるかもしれない」

「え？」

思わず口をついて出た言葉。

感情のやり場がわからなくなって、思いつくままに話し続ける。

「努力したからって報われるとは限らない。世の中ってそういうもんだろ。自分にはどうしようもない出来事で、全部が無駄になるかもしれない。そんな世界で頑張ることに、なんの意味があるんだよ」

俺がそうだったように。

十神の今の頑張りだって、なんの意味もないかもしれないのに。

「そうですね。そうかもしれません」

「え？」

「すべて無駄なのかもしれないという気持ちは、私にもあります」

意外にも、十神は俺の言葉を肯定した。

こんな感情任せの主張で説得できるとは思っていなかった。むしろ、十神には反発されるだろう、とどこかで予感していた。

それなのに、なぜ。

「だったら、なんで完璧を目指すんだ?」

「それが、今の私にとっての意味ですから」

十神は決然とした目つきで、俺を真正面から見据えた。

その日に射すくめられて、口を開くことができない。

「頑張った結果、なにもないかもしれません。でも、それは私が頑張らない理由にはならないと思うんです。それに少なくとも、頑張ったという事実だけは残ります。どうせなにもないなら、『あの頃の私は頑張ってたな』って思い返せる時間だけでもほしいんです」

まぶしかった。

いつの間にか俺から失われてしまった感情を、こいつは持っている。そう感じた。

なにも言えない俺に、十神は小さく頭を下げた。

「すみません、偉そうなことを言ってしまいました。まずはここから出ましょうか。いつまでも帰ってこないと、不審がられてしまいそうですし」

少し照れ臭そうに微笑んで、十神が制服についた埃を払う。

ああ、まったく……十神を見ていると、まるで昔の俺を見ているような気になってしまう。

父に褒められたい一心で、毎日無邪気に努力していた頃の俺を。

焦燥感を追い出すように、ガシガシと頭をかく。

ひとつ息を吐いて、俺は切り出した。

「なあ、十神」

「どうしましたか？」

十神の、まるで夏のグラスに浮かぶ氷のように涼やかで、引き込まれるような瞳が俺の姿をとらえる。窓から射す光が、舞い散る埃を美しくきらめかせる。俺と十神の二人だけで、深海の底にいるような錯覚。

差し出がましくないだろうか。迷惑じゃないだろうか。そんな思いがよぎる。

心の準備が必要だった。

ひと呼吸おいて、口を開く。

「俺に十神のことを、助けさせてくれないか」

「え？」

キョトンとしたふうに目を丸くして、十神が俺のことを見返す。

唾を飲み込んで、言葉を続ける。

「十神は生徒会長で、俺は生徒会の役員だ。困ったことがあったら頼ってほしい」

「書記としての仕事は、郡上さんに割り振るつもりですが」

「生徒会の業務のことだけじゃない。今日みたいに、十神が個人的に困ってることでもいいから、やれる範囲で手伝わせてほしい。俺に頼ってくれたら、愛梨澄や鳳来先輩にこのことは言わない」

前言撤回もいいところだ。でも、ここで言わなきゃ後悔すると思った。

まだ事態を飲み込めていない様子の十神が、探り探り聞いてくる。

「……どうして郡上さんは、私にそこまでしてくれるんですか？」

「別に大した理由はねぇよ。ただまあ、ここまで首を突っ込んどいて放っておくのも寝覚めが悪いだろ」

本当に大した理由ではない。

お節介な幼なじみがいるせいで、個人主義に染まりきれなかったってだけの話。現代社会で生き抜くには損かもしれない。

俺の言葉を聞いて思案していた十神が、悩まし気な表情でつぶやく。

「確かに、助けていただければありがたいのですが……郡上さんにメリットがありません……はっ！　まさか、お金でしょうか⁉　確かに私の家は裕福ですが、個人的に自由にできるお金はそれほど……まあ、ひと月あたり四、五万ほどなら……」

「金目当てじゃねえよ！」

金持ちのよくないところが凝縮されてやがる。

なまじ具体的な金額を聞かされて心が揺らぐが、なんとか自制。

後出しでお金の話ができるほど、俺の羞恥心が欠如してないことに感謝してほしい。

「ともかく、だ。俺としてはいらん罪悪感を抱えないで済むし、十神も生徒会運営が円滑に済めば助かるだろ。だったら、ウィンウィンだ」

「ええ、そうなのですが……」

「信頼できないか？」

「いえ、郡上さんのことは全面的に信頼できます。昨日も今日も、こうして助けてくれたわけですし」

あっさり全面的に信頼されると、それはそれで不安になるんだけどな。詐欺師とかに騙されやすそうな性格をしている。

「ただ、郡上さんにとってのメリットがないと、不公平じゃないかと」

「佐敷先生も言ってたと思うが、俺は留年回避と引き換えに生徒会に入ったんだ。つつがなく生徒会の任期を終えるのが、俺にとってメリットになる」

さっきの話からすると、別に生徒会役員としての仕事が全うできなかろうが、即座に留年ってわけじゃなさそうだけれど。今は、そういうことにしておいてもいい。

「それなら、はい。わかりました」

ようやく納得してくれたらしい十神が、すっと手を差し出した。

俺は一瞬、その意味がわからなくて停止した。

「よろしくお願いしますね、郡上さん」

「……こちらこそ」

握手を求められたことに気付いたのは、十神が自分から手を伸ばして、ぼーっと体の横に垂れ下がっていた俺の手を握ってきてからだった。

十神のヒンヤリとした体温が伝わり、その滑らかな感触に心が揺れる。

体育倉庫の薄暗さに、今だけは助けられていた。

さっきは脇の下だって触れたのに、手が触れあっただけでこんな気持ちになるなんて。

変な話だよな。

日が暮れかけた頃、俺たちは生徒会室に帰還した。

扉を開けると、愛梨澄と鳳来先輩は長机に座って備え付けのティーポットで紅茶を淹れ、焼き菓子をつまんでいるところだった。

随分とまあ、優雅な時間を過ごしていたようだ。こっちは窓枠にハマった誰かさんのおかげでホコリまみれになったというのに。

「あら、遅かったじゃない」

「二人ともお疲れ様。もう少し時間がかかるようだったら、私たちも様子を見に行こうと思っていたところだ」

入ってきた俺たちを見て、愛梨澄はいぶかしそうなジト目を、鳳来先輩はホッとしたような視線をよこした。

「ああ、そりゃすみませんでした。ちょっと薄暗くて、点検が大変で」

「そ、そうですね！　郡上さんにはいろいろと、はい、手伝ってもらいました！」

俺は誤魔化し笑いを浮かべ、妙な口調になった十神から逃げるように、置いてあったリュックを手に取る。

危ないところだった……。あの場に二人が現れていたら、どうあっても十神のポンコツは隠し通せなかっただろう。

「貴樹が帰るんなら私も帰るわ。先輩。ポットとカップ、片付けちゃいましょう？」

「そうだな。私たちも帰るとするか」

「わ、私も手伝います！」

二人はてきぱきと片付けを始め、そこに十神も加わる。俺も手伝おうかと思ったが、女子が触った食器をどうこうするのも憚(はばか)られたので諦(あきら)めた。

徒歩で帰るという十神とは駅の近くで、電車が逆方向の鳳来先輩とは改札を入ったところで別れた。

愛梨澄と二人、退勤ラッシュ少し前の電車に乗り込んだ。郊外から都市部へ戻る電車には空席があり、長い座席の真ん中に並んで座った。

電車が動き出すと、横に座った愛梨澄が真剣な顔つきで俺の方をのぞきこんでくる。幼なじみとはいえ、コイツの綺麗な顔が近くに来ると多少は緊張する。

「……貴樹、ずいぶん十神さんと長く一緒に居たわね」

「まあ、いろいろと大変だったんだよ」

嘘ではない。本当に、「いろいろと」で済まされるレベルじゃなく大変だった。

「……匂いがする」

「は？」

すんすん、と小さく鼻を鳴らしながら、顔を俺の制服に近づける愛梨澄。

「十神さんと同じ、埃っぽい匂い。ううん、十神さんが使ってるリンスの匂いも若干……？」

犬かコイツは？　っていうか十神の匂いも嗅いでたのかよ。

「そりゃまあ、同じ体育倉庫で作業してたし」

そう言ってはぐらかすが、追及は止まらない。

「だからって、髪の毛の匂いまでつくかなあ……？　それはなんかこう、抱きかかえるとかしないと難しいんじゃない？」

いくらなんでも鋭すぎるだろ、こいつ。

愛梨澄の天職は警察犬なのかもしれない。それか刑事。再放送で見た昔のドラマで、匂いを手がかりにする刑事モノがあった気もする

「……そんなことあるわけないだろ。十神と俺だぞ？」

俺はそれとなく腰をずらし、愛梨澄から距離を取る。

その様子を見て、愛梨澄は険しい目つきをさらに鋭くした。

「むう……怪しい……」

それから電車を降りるまでの数十分、俺は寝たふりをしてやり過ごした。

第五章　生徒会役員の恩恵

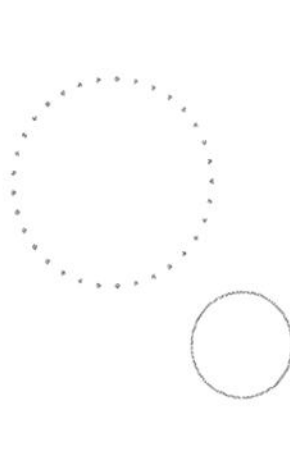

ある日の昼休み。

朝から続いた授業から解放され、つかの間の休息を喜ぶ生徒たちの声で教室は満たされる。

そんな幸せな喧騒（けんそう）を背に、俺（おれ）は弁当箱片手にぶらぶらと校内をほっつき歩いていた。

「はあ……今日は実習棟の屋上階段にするか、職員用駐車場の裏にするか、それとも……」

脳裏に浮かぶのは、今日の昼飯を食べる場所。

もちろん、選択肢はどれもお一人様用である。

何度も言うが、俺はクラスで腫れもの扱いだ。教室で食べると周囲の空気が悪くなるので、迷惑をかけないよう昼飯は外で食べることにしている。気遣いの鬼と呼んでくれ。

とはいえ、学食は人が多くてぼっち飯には居心地が悪いし、テラスや談話室のテーブルセットなども友達連れのグループで埋まっている。

必然的に、人がほとんど来なくて昼でも薄暗い、掃除も行き届いてないような場所しか候補に残らない。

こういう昼食の環境が、数十年後とかに健康格差として現れたりするんだろうなあ……。

ぼっちであることを見込まれて、大学の研究対象に選ばれたらどうしよう。

ぼっちな上に寿命まで短いであろう己（おのれ）の運命を嘆きながら、手持ちぶさたな片手をポケットに突っ込む。

すると指先にひんやりとした感触があり、チャッ、と金属の音がした。

それは、生徒会役員にそれぞれ一個ずつ与えられている、生徒会室の合鍵（あいかぎ）だった。

生徒会室を使うことが多い役員には、合鍵が渡されている。いちいち職員室に行く手間を省くためだ。

放課後は大抵誰（だれ）かがいるので、今のところあまり出番はないのだが。

「あ」

その瞬間、俺の脳裏に天啓が降りた。

そうか……生徒会室だ！

生徒会室ならひとりで昼飯を食べてもバレないし、椅子（いす）やソファだってあるから快適だ。

しかもポットやシンク、ミニ冷蔵庫まであって至れり尽くせりと来ている！

「ふ、ふふふ……そうか、俺はこのために生徒会役員になったのか……っ！」

運命を感じる。生徒会役員になって初めて、「役得」という言葉が実感を伴う。思えば今まで面倒なことばかりで、役員のメリットを感じたことがなかったからな。これぐらいの特権がなくてはやっていられない。

あふれ出る笑みを抑えることができず、俺はニヤニヤしながら廊下を歩く。

その様子が怖すぎたのか、近くにいた生徒たちは潮が引くようにさーっと道を開けた。

わあ、歩きやすーい。

……悲しくないぞ、全然。


昼休みの実習棟は、いつにも増して静かだった。部室で昼飯を食べている連中の声がたまに聞こえるくらいで、騒がしいクラス棟とは対照的。

奥まった場所にある生徒会室周辺も同様だ。

生徒会室のドアに鍵を差し込むと、ジャッ、と音を立てて開いた。

何気なく扉を開けると、思いがけずソファに座る人影が見えてビクッとする。

「うおっ」

「きゃあっ⁉　痛っ！　だ、誰ですかっ！」

思わず変な声を上げると、人影の方も驚いた様子で立ち上がる。続いて机にぶつかる鈍い音が響いた。ロングストレートのきれいな黒髪が振り乱され、一瞬、獅子舞でも見ているような気分になった。

……なんか、前にも似たようなことがあったたな。

心の中でため息をつき、ソファの裏側に隠れた我らが生徒会長さんに向けて呼びかける。

「十神(とがみ)、俺だ。危害は加えないから出てこい」

「郡上(ぐじょう)さん？」

恐る恐る顔をソファの背もたれからのぞかせ、十神がはーっと息をついた。

「なんの用ですか」

「お前と同じだ。昼飯を食べに来た」

「な、なんで私がここでお昼ご飯を食べていたことがバレてるんですか⁉」

「見れば誰でもわかる」

机の上にはペットボトルのコーラと、菓子パンが二個のっていた。十神の左手にも食べかけらしいパンが握られている。

昼飯をここで食べていたのは間違いないようだが、想像よりもジャンクな取り合わせなのが意外だった。

お金持ちだと聞いていたから、てっきり昼ご飯にも豪勢な弁当でも食べているのかと思っていた。なんならＵｖｅｒ(ウーヴァー)を頼むとか。実際、ウチの高校には何人かそういう連中がいる。

「十神はひとりか？」

「郡上さんだってひとりでしょう」

十神はムスッとした表情でうなずいた。もしかしたら鳳来(ほうらい)先輩や愛梨澄(ありす)と一緒に食べている可能性もあると思ったが、そうではないらしい。

「いつもここで食べてるのか？」

さっき足をぶつけたのか、すねのあたりをさすっている十神に尋ねる。

「いえ、今日はたまたまというか、そう、レアケースです」

「じゃあ、普段は友達と食べてるんだな」

「トモダ、チ……？　あ、はい！　そうです！　いつもはトモダチと一緒に」

「おい、日本語勉強中の人みたいな発音になってたぞ」

友達がいなくても発音くらいはできるだろうに、それほど十神にとって馴染みのない言葉だったのだろうか。いたたまれない気持ちになる。

同類のオーラを感じ、俺は生暖かい目つきで十神のことを見つめた。

「……頑張ろう、お互いに」

「か、勝手に仲間扱いしないでください！」

憤然と言い返してくる十神だが、その頰は赤らんでいるし目も少しうるんでいる。おそらく図星だったのだろう。

辛いよなあ、お互い……。

よりによってこの辛さを分かち合えてしまうのが、周囲から「完璧」と思われている生徒会長さんだとは。

世の中ってつくづく不思議なもんだよな。

っていうか、四人いる生徒会役員のうち二人がぼっちってどうなんだ。統計的に異常と言わざるを得ない。

いや、俺が言えた義理じゃないんですけど。

思いがけぬ同士との邂逅（かいこう）も終わり、俺は長机に座った。

いくら顔なじみとはいえ、女子と同じソファに座るのは多少気恥ずかしい。

家から持ってきた弁当箱を開く。冷凍しておいた白米を解凍して詰めて、あとはミニトマトと常備菜の漬物、昨晩多めに作っておいたキャベツと豚こまの味噌炒（みそいた）めを入れたものだ。男子高校生の手作りにしては上出来だろう。

黙って手を合わせて、心の中で「いただきます」を唱える。ミニトマトから箸をつけ、口の中に放り込む。

「…………」

「…………」

気まずい。

ぼっちがふたり集まったところで、そこに和気藹々（わきあいあい）とした空気が生まれることはない。俺たちは他人と和気藹々とできないからぼっちなのだ。

もちろん、俺と十神は初対面ではないのだが。それどころか、関係性としては深い方だ。

昨日、あんな約束を交わしたわけだし。

とはいえ、今この場にいるのは十神に頼まれたからではなく、単なる偶然。

だとしたら気を遣って会話するのではなく、お互いに不干渉で食事を済ませた方がいいのだろうか。

いや、顔なじみふたりがそろっているのに、会話もなしに黙々と昼ご飯を食べるというのもなんだかな……。あまりにも親密さが足りないというか、隣人の苗字(みょうじ)も知らない現代社会の縮図すぎやしないだろうか。

っていうか、十神はこの状況をどう思っているのだろうか。

ちらりと十神の方に視線をやると、向こうもこちらを見ていたらしく視線が合った。

お互いに慌てて顔を逸(そ)らしたが、相手がこちらを見ていたのは明白。ふたりの間にピリッとした緊張が走る。

どちらも「そっちが先になにか言ってくれ……」と無言で訴えている。

先にしびれを切らしたのは十神の方だった。

「その……なにか話題とかないんですか?」

「いきなり話題提供を求めるな。しかし、なんだこの気まずい空間は」

「後からこの部屋に来て勝手に気まずい空間を作りだしたのは郡上さんじゃないですか!」

「でも、このタイミングで先に話しかけてきたのはそっちだろ? 言い出しっぺの法則ってことで、最初の話題は十神が出してくれよ。次の話題は俺が出すから」

「うぐ……はあ、仕方ありませんね」

とりあえず長く言い返してみたら、あっさり丸め込むことができた。十神のディベート力にはいささかの不安が残るな。

しばらく逡巡した後、十神が苦しそうに話題を絞り出した。


「その……郡上さんはなぜぼっちなんですか？」

「話題のチョイスが最悪!!」


ほんの十数文字の発声で、十神がぼっちだと完璧に納得できた。

こいつ、カジュアルな対人関係のコミュニケーション能力が終わってる。なんでぼっち同士の初手でそれなんだよ。

十神は慌てた様子で両手をわたわたさせながら弁解する。

「いや、だって気になるじゃないですか！　普段、自分以外のぼっちの人と話すことってないですし！」

確かに、わざわざぼっち同士で意見交換することはない。だからぼっちなのだ。

「自分がぼっちであることは認めるんだな」

「うっ……いいじゃないですか、それは脇に置いてください」

痛いところを突かれたように十神が顔をしかめる。

そこを深掘りするのはかわいそうなのでやめておこう。

「まあ、せっかく話題を出してもらったことだし、答えないのも悪いよな……。別に、大した理由じゃないんだけどな」

俺は、高校でぼっちになった理由について、家のことは伏せて説明した。

うっかり進学校の麗秀に入学したものの、勉強についていけなかったこと。いきなり友達作りに失敗したこと。そして五月前半に階段から落ちて骨折し、中間テストで大失敗したこと。そこから生活態度が乱れ、不良と誤解されてクラスから完全に浮いてしまったこと。

そんなことをぽつりぽつりと話した。

「……ってなわけだ。まあ、自業自得なんだが」

俺が話をまとめたところ、十神が納得しかねる表情でつぶやく。

「ちょっと待ってください。全然足りないですよ」

「え？　なにか言いそびれてたか？」

「中学時代までの話がごっそり抜けています」

「いや、中学までは友達いたし」

すると、十神が眉間に手を当て、深刻な表情でじっと考え込む。

ん？　なにか変なこと言ったか？

「今、信じがたい言葉が聞こえた気がするのですが……『中学までは友達がいた』と」

「いや、事実だから。中学までは普通に友達いたし、なんなら結構多い方だったと思う」

勉強もできたしスポーツもそこそこ。生徒会長もやってたから、交友関係も広かった。

俺の言葉にショックを受けたように、十神が目を見開く。

それからすっと目を細め、冷たい口調で言い放った。

「……裏切り者」

「おい待て、俺は最初っから嘘はなにも言ってないぞ」

言葉の感じからして、十神は中学以前から友達がいなかったのだろう。そういう意味では、筋金入りなのか。

勝手に裏切られたと感じた十神は、なおも憎々し気に俺への呪詛を吐き続ける。

「エセぼっち、中学友達いた勢、友達が同じ学校にいないだけでぼっちを自称する人、ぼっちと言いつつ可愛い幼なじみがいる勝ち組」

……いや、呪詛じゃないのか？　褒められてるのか？

口調と内容の乖離が激しくて判断に困る。言葉の意味だけなら普通にうれしいんだけど。

「えーっと……ありがとう？」

「褒めてません！」

どうやら本人的には貶(けな)しているつもりだったらしい。

「でも不可解です」

「なにが」

「郡上さんの目と人相を見て友達になる人がいるなんて」

「失礼なやつだな！　子どもはそういうの気にしないんだよ！　それに中学までの友達はだいたい小一くらいから一緒の学校だったし、目つきだって昔はもっとマシだったんだ」

幼稚園の卒アルでは、まだ年の割に眼光が鋭い程度だった。中学校の卒アルはほとんど今と同じ顔だが、高校に入って視力も落ちたので、今の方が目つきは悪い。

ひとしきり不満を表明して毒気が抜けたのか、十神がはあ、とため息をついた。

「で？　十神の方はなんでぼっちなんだ」

「それは……」

「ターン制だ。まあ、どうしても言いたくなければ無理しなくてもいいが」

是が非でも聞き出したい話題、というわけでもない。

それでも十神は、渋々といったふうに話しだした。まあ、自分が出した話題という負い目もあったんだろう。

「別に、大した理由じゃないです。小さい頃は習い事が多くてクラスの子とも遊べなくて、プライベートでの人付き合いがよくわからないまま、この年になってしまったというか。完璧であるためには勉強も欠かせませんし、気を許した誰かに完璧ではないことがバレてしまうのも怖くて。中学以降は自分から友達を作ろうともしなくなりました」

「なるほど、な」

端的だが、家庭の事情と十神のこれまでの生活、そして努力が垣間見(かいまみ)える説明だった。

これほどポンコツな十神が周囲から「完璧」だと思われているのは、単に奇跡的な偶然が重なっただけではない。

きっと、本人が自分を取り繕おうと努力しているからだ。

その事情に、家のことが関係しているのかはわからない。ただ、単に性格だけが理由じゃないのだろう。

「でも、十神なら黙ってても話しかけられそうなもんだけどな。選挙でも普通に当選したし、割と人気というか、人望はある方だろ」

俺は話題を変えようとして、そんなことを言ってみる。でも口から出まかせというわけじゃなく、本心からの疑問だ。

十神本人もその点は自覚していたようで、こくりとうなずく。

「ええ、たまに話しかけられはします。でも、大抵は勉強のことやテストの点数など、事務的な会話がほとんどですね。プライベートな話はまったく」

「なるほどなあ」

完璧すぎる性格が災いして、近寄りがたい印象を与えているのかもしれない。

浮世離れした美人で立ち振る舞いにも気品があり、文武両道で実家は大金持ち。なにも気にせず話しかけられる方が珍しいかもしれない。

実際俺も、生徒会で関(かか)わるまでは別世界の住人だと認識していたわけだしな。

正直、中身のポンコツさが知れ渡った方が、友達は作りやすいのかもしれない。だが、バレたくないと本人が思ってるんだから、難儀なことだ。

「でも、クラスで話しかけられる分、郡上さんよりは上ですかね」

「お、おう」

コメントしづれえ。こっちには愛梨澄という気安く話せる幼なじみがいるので、冷静に考えればいい勝負かもしれないが。まあ、本人が幸せならそれでいいか。

ちょっと会話に間ができたところで、十神が思いついたように言う。

「あ、そういえば郡上さんに聞きたいことがあったんです」

「なんだ?」

「生徒会室が使えるようになる前、どこでご飯を食べてましたか?」

「ああ……確かに、他のぼっちがどうしてるのかは気になるよな」

今度は俺としても興味深い話題だった。十神だって、生徒会室を使えるようになったのはせいぜい数週間前のはずだ。

ぼっちにとって耐えがたい昼休みをどうやり過ごしていたのか。戦友と苦労を分かち合いたいという気持ちはある。

「ちなみに私は、お昼ご飯は抜いて図書室か自習室にこもってました」

「昼食抜きって、割とストロングな解決方法だな」

「どうしても我慢できないときは、カロリーが高そうなジュースやミルクティーでお腹を紛らわせてました。郡上さんは？」

「俺はさすがに昼食抜きは無理だから、どこかしら場所を見つけて食べてたぞ」

そう答えると、十神は目をらんらんと輝かせた。

「そ、その場所というのはやっぱり……トイレでしょうか⁉」

「違えよ！　期待に満ちた目で見るな！　便所飯だけはやったことないからな」

「ええ⁉　ぼっちの人のご飯といえばトイレ、というイメージだったのですが」

「人それぞれだろ。俺はトイレで食うくらいなら教室で食った方がマシだ」

「そうなのですか？」

「だってトイレって、いくらウチみたいに綺麗な高校でも汚いだろ。昼休みはどっかの個室で大きい方をやってることもあるし、さすがに昼飯をあそこで食う度胸はない」

「はあ……やっぱり郡上さんはエセぼっちですね……」

「なんでがっかりしてるんだよ」

そのテンションで言われると少し傷付くだろうが。

いや、傷付く方がおかしいんだけれど。

ちなみに俺のオススメは実習棟の屋上に続く階段か、教職員用駐車場の校舎側から見えにくい植え込みの裏あたり。まあ、たまに人気のない場所を探して校内をうろつくカップルや、タバコを吸いにきた先生と会うこともあるので注意が必要だ。


その後も俺と十神は、ぼっちならではのあるあるトークなどで盛り上がった。

高校生男女にとってあまりに物悲しいトークテーマなのは重々承知だが、これが意外と盛り上がるのだ。

なんというか、同じ苦しみを分かち合った同士の謎の連帯感がある。

その時、ギーンゴーンガーンゴーン、と古風な感じのチャイムが鳴った。

「あ、予鈴ですね」

「そろそろ教室に戻るか」

俺と十神はそろって立ち上がる。

いつの間にか俺は長机から移動して、十神の向かいのソファに腰かけていた。そのことに今さら気付いて恥ずかしくなる。

「あの、郡上さん」

「なんだ？」

弁当箱を手に扉へ向かいかけたところで、十神に呼び止められる。

振り返ると、どこか神妙そうな顔つきをしていた。

「実は、こんなふうに誰かとお昼ご飯を食べるの、高校に入って初めてで……少し、うれしかったです」

「……そうか」

「もし郡上さんがよかったら、その……また生徒会室でお昼ご飯を食べたりしませんか？　あ、私はどうせ居場所が生徒会室しかないので、勝手に来て食べてると思うのですけれど。郡上さんも、もしよければと思いまして」

頬を赤らめながら、いつもより小声でしゃべる十神。

まったく、意思の表明が不器用なやつだ。

俺としても十神と一緒に食べる昼ご飯は、なかなか悪くなかった。それに、せっかく使えるようになった生徒会室をわざわざ避ける理由もない。

だったら、答えは決まっている。

「ああ。トイレが臭くて我慢できなくなったら、こっちに来る」

「……もしかして郡上さん、さっきのこと根に持ってます？」

「どうやらぼっちという生き物は、トイレで飯を食わなきゃいけないらしいからな」

「うう、やっぱり根に持ってます……すみませんでした！」

まあ、明日からも生徒会室には顔を出そう。

いつの日かそこに、愛梨澄や鳳来先輩も誘えたらいいなと思った。

第六章

恋愛相談って悪ノリに走りがちだよね

　ある日のこと。

　放課後の生徒会室に行くと、十神が満面の笑みで近寄ってきた。

「やっと来ましたよ、郡上さん！」

「どうしたんだよ、いきなり」

「目安箱に生徒から相談の依頼が届いたんです！」

「マジか？」

　十神の背後に立っている愛梨澄を見ると、スマホを持ってうなずいている。

「マジよ。生徒会のアカウントにＤＭが届いたの」

　どうやら十神の勘違いってわけではないらしい。

　生徒会は各種ＳＮＳに公式アカウントを持っている。学校行事やテスト期間の告知、教職員から周知するよう頼まれた情報などを発信するためだ。

　アカウントの管理は「生徒会メンバーの中で一番ＳＮＳ慣れしている」という理由で愛梨澄が担当しており、ＤＭは目安箱のウェブ版として開放されている。

Bishojo seitokaicho no
Togamisan ha
kyomo ponkotsu de
hotteokenai.

生徒会室の前には物理バージョンの目安箱も置かれているが、やはりＤＭの方がハードルが低いようだ。

とはいえ、正直に言ってこんなにすぐ生徒からの相談が来るとは思っていなかった。

「ふむ、まさか本当に来るとはな」

鳳来(ほうらい)先輩も同様の心境だったらしい。

生徒からの相談とか仕事が増えるなあ……と複雑な俺(おれ)の内心を知らないであろう十神は、満面の笑みで俺たちに語り掛ける。

「というわけで皆さん！　あと十分ほどで相談者が来る予定になっていますから、全力で応対しましょう！」

愛梨澄や鳳来先輩は、それなりに乗り気な様子だ。ちょっとワクワクする気持ちもあるのだろう。

「せっかく相談してくれたんだし、生徒会としても頑張らないとねー」

「前年度は一般生徒の話を聞く機会が少なかったから、少し新鮮だな」

「まあ、無理な話だったら断ればいいしな」

「コラ」

俺がやる気無さげにつぶやくと、耳のいい愛梨澄がスパンと俺の頭をはたいた。

それから十分後。

コンコン、と扉をノックする音が響いた。

「はい、どうぞ！」

「あのー、生徒会室はここで大丈夫ですよね？」

十神の元気いい返事に続き、おずおずといった様子で扉を開いた女子が現れる。

ショートカットの茶髪に少し日焼けした褐色の肌が、一見して活発な印象を与える。引き締まった体躯からも、なにかの運動部に所属していることがうかがえた。

「あのー、ＤＭで相談を送ったんですけど。ここで大丈夫ですか？」

「ええ、ここが生徒会室です。そちらのソファにどうぞおかけになってください」

「はい！　ありがとうございます！」

十神が優雅な仕草でソファを手の平で示す。女子生徒は礼儀正しく、ぴょこんと頭を下げて腰を下ろした。

十神が対面に、その横に鳳来先輩が座って、愛梨澄は二人の背後に立った。俺は少し離れた壁際で話し合いを見守ることにした。

「はじめまして、生徒会長の十神撫子と申します。就任したばかりで至らないところもあるかと思いますが、以後お見知りおきを」

おしとやかさを感じさせる聞き心地のいい声で、十神が自己紹介をする。本性のポンコツさを知っている俺でさえ、思わず聞きほれてしまいそうだ。さっきまでのテンションが高そうな感じもなく、対人モードは完璧らしい。

「私は、一年の瀬名茜です。テニス部です！」

瀬名、と名乗った女子が少し緊張した様子で自己紹介をする。

続いて、鳳来先輩と愛梨澄が自己紹介。

「私は二年で生徒会副会長の、鳳来美鈴だ。よろしく」

「私は生徒会会計の由良。瀬名さんと同じ一年だよ！」

「あ、はい！　よろしくお願いします！」

どうやら生徒会全員が挨拶する流れらしい。俺もソファの方に歩きながら話しだす。

「そんで俺が、生徒会書記の……」

と、そこまで言いかけたところで瀬名がびくっと反応した。なんだ？

「はっ！　あ、あなたはB組の郡上さん……っ⁉」

「あれ、貴樹のことも知ってるんだ」

愛梨澄が不思議そうに言う。どうせ、「貴樹ってぼっちじゃなかったっけ？」とか失礼なことを考えているんだろう。

だが瀬名は、そういう意味で俺の存在に引っかかったわけではないようだ。

「それはその、麗秀始まって以来の不良だって噂になってますので」

ああ、そうだよな……と俺は諦めに近い気持ちを抱く。

上級生ならともかく、一年生の間ではとっくに俺の悪名が広がっている。

瀬名もどこかで噂を耳にしたのだろう。

さて、どうしたものか。

単に校舎内で出くわしただけなら、誤解されたままでも大したデメリットはない。ただ、ちょっと俺の心が痛むだけだ。

しかし、生徒会の役員として認知されている以上、放ってはおけないだろう。

「あのな、瀬名がどっから噂を聞いたのか知らんが、別に俺は不良じゃねえよ」

俺は可能な限り友好的な笑みを浮かべて話しかける。

「ひっ」

だが、その笑顔を見た瀬名は顔をひきつらせた。そのまま、すすすっとソファにのせた腰をスライドし、俺の対角線上に位置取ろうとする。

「考えてもみろ。マジで不良だったら生徒会役員になれるわけないだろ」

「それは、そうですが……」

警戒心をありありと表情に浮かべている。

「ま、まさか生徒会はすでに郡上さんの魔の手にっ⁉」

「んなわけあるか！」

と、そこで見かねた愛梨澄が助太刀に入ってくれた。

「あはは、まー貴樹は誤解されやすいけど、本当にそんなヤバいやつじゃないから。幼なじみの私が保証するよ」

「愛梨澄……」

助かったと視線を送ると、なんでもないとでも言いたげにグッと親指を立てる。

「ただ目つきと人相が顔採用でマル暴になれるくらい悪くて、コミュニケーション能力に乏しいぼっちで、登校前にスマホで自分の顔を見てたら滑って骨折するアホで、挙げ句に勉強についていけない反抗期なだけだから。安心して！」

「おい」

フォローしてくれたと思った相手にめちゃくちゃディスられた。

いや、言ってること自体は紛れもない事実なんだが。たとえ事実でも誹謗中傷になるんだぞ。知ってんのかコイツ。

「そうなんですか？」

とはいえ、愛梨澄が口添えしてくれたのは素直にありがたい。

俺も流れに便乗して、瀬名に弁明する。

「あり……由良の言う通りだ。それに、本当に俺がヤバい生徒だったら、とっくに退学になってるはずだ」

「でも、すでに麗秀高校全体が郡上さんの手に落ちているという可能性も」

「そんだけ権力があったらもう全部手遅れだろ。何者なんだよ俺は」

冷静に突っ込んでおく。ここまでのやり取りを経て、ようやく瀬名も俺が不良でないことに納得はしてくれたらしい。

落ち着いた様子の瀬名に、様子をうかがっていた十神が促す。

「では、本題に入りましょうか。瀬名さんのご相談についてなのですが」

「あ、そうでした！　実はそのー、こんなことを生徒会の皆さんにお願いするのは心苦しい気もするんですけどー」

「気にしないでください。皆さんの学校生活をサポートするのも、生徒会の務めですから」

「おお、頼りになるー！　ではお言葉に甘えて！」

「はい、相談はなんでしょう？」

俺たち生徒会役員が固唾を飲んで見守る中、瀬名は膝（ひざ）の上に置いた指先をもじもじさせながら、にへらと笑みを浮かべて言った。

「実は私、ずっと前から好きな人がいるんです。割と仲はいいんですけど、逆に仲がいいからこそ女子として見られてないような気もして、恋愛対象外になってる可能性もあるって言う感じでして。そこで生徒会の皆さんに、どうやったら好きな人に振り向いてもらえるのか教えてもらおうと思ったんです！」

数秒間の沈黙。

「……え？」

俺の横に立っていた愛梨澄が、思わずといったふうに声を漏らした。

十神は両手を膝の上で重ね、ソファに姿勢よく座っている。

ちらっと助けを求めるような視線を向けてきたが、こっちに振られても困る。

「きゃー！　言っちゃったー！」

一方の瀬名は相談事を打ち明けた開放感からか、両手を頰の横に当てて勝手にテンションを上げていた。

最初にあった緊張感はどこかに吹き飛んだらしい。

とりあえず話し合おうと、ちょいちょいと指先で十神をこっちに呼び寄せた。

「あの、ちょっとだけ失礼しますね」

そう言い残して十神と鳳来先輩も立ち上がり、四人で集まって小声で話し合う。

「恋愛相談、だよな」

「そのようですね。正直、こういう相談が来るのは予想外でしたが……」

俺の言葉に、十神は難しい顔つきになる。

「ねえコレどうすんの？　さすがに生徒会で恋愛相談は受けらんないって断っちゃう？」

「しかし、せっかく来てくれた生徒をそのまま帰すのは忍びない気もするな。とはいえ私も、恋愛相談を解決できる自信はないのだが……。他の三人はどうだ？」

鳳来先輩が水を向けてくるが、愛梨澄と俺は首を振る。

「友達ならともかく、初対面の子の恋愛相談を聞くのって責任重大すぎるっていうか」

「俺もこういうのは全然わかんないですよ」

「ふむ、そうか……」

「まあ、女子の相談には『うんうん』『そうだね』『それは彼氏が悪いよ』って言っておけばいいってネットで見ました。適当に話を聞いて、解決したっぽく丸め込めばいいんじゃないでしょうか」

誰かに話すだけで解決する悩みもあるっていうしな。

割と建設的な案だったはずだが、隣の愛梨澄がぐりぐりと足を踏みつけてきた。

「あのー愛梨澄さん、それ痛いんですけども」

「アンタが最低なこと言うからでしょうが！」

「だってネットで……いてえ！　わかった、すいませんでした！」

「ったく、アンタそれ実践したら殴るからね」

踏まれるのと殴られるの、どっちがマシなのかイマイチ判断がつきかねる。とりあえず、愛梨澄の前で「うんうん」「そうだね」連呼はやめておこう。

結局どうするのかと十神に目を向ける。

本人もまだ決心をつけかねている様子で、ちらりと背後の瀬名を振り返った。

瀬名はソファに座り、落ち着かなさそうにそわそわしている。やはりこっちの会話が気になるのだろう、顔は動かさないまでもちらちらと視線を向けてくる。

十神はゆっくり顔を戻し、胸の前で両こぶしを握った。

「瀬名さんの相談、生徒会として受けましょう」

その表情に揺らぎはない。

本人の中で、しっかり決意が固まっているようだった。

「いいんだな?」

「ええ。きっと瀬名さんは、ＤＭを送るまでにたくさん悩んだはずです。それでも生徒会を信じて相談してくれた瀬名さんを、このまま帰すなんてできません」

その言葉を聞いて、鳳来先輩はにかっと笑った。

「いい心意気だな。恋愛のことはよくわからないが、精いっぱい協力しよう」

「よーし、私も頑張るよ!」

生徒会としての意見が一致を見たところで、俺たちは再び定位置に戻った。

瀬名の前に座った十神が、優し気な微笑(ほほえ)みを浮かべて言う。

「お待たせしてすみません。生徒会は、瀬名さんの相談をお受けいたします。どれほど力になれるのかはわかりませんが、全力を尽くすことはお約束いたします」

その言葉を聞き、瀬名がぱあっと表情を明るくする。

こんな顔を見せられると、やはり断らなくてよかったと思う。

「ありがとうございます！　勇気出してよかったー！」

小さくガッツポーズを作る瀬名。まだなにも解決してないのにうれしそうにされると、若干プレッシャーだな。

瀬名は目をきらきらと輝かせて、ずいっとテーブルに身を乗り出す。

「十神さんって超美人ですし、恋愛経験も豊富ですよね⁉　あー、うらやましいー！」

「え？」

両手をお祈りみたいにぎゅっと握り、ぽうっとした表情で話す瀬名。

その様子を見て、十神はキョトンとしている。

確かに十神は顔と外面は抜群にいいから、彼氏がいてもおかしくない。

問題は、彼氏なんていたら間違いなくポンコツがバレているだろうという点だが。

「他の役員さんも……女性のみなさんはモテそうですし、恋愛経験ありそうですよね！」

さらっと俺を除外して瀬名がほめそやす。

視線を受けた鳳来先輩と愛梨澄がぴくっと反応する。

「私は昔から稽古ばかりだったから、色恋沙汰には疎いのだが」

「そりゃー、告白くらいはされたことあるけど。でも、実際に付き合ったりとかはないよ？」

「それでも十分です！　あと郡上さんも……その、女の人を泣かしてそうですし……」

「おい」

相変わらず俺への偏見が強すぎる瀬名だった。

ちなみに俺は、真面目（まじめ）だった小・中学校時代も特にモテた経験はない。高校に至っては男女問わず避けられているので、恋愛経験はゼロだ。愛梨澄との付き合いが長いから女子に苦手意識はないが、少なくとも女子の方は俺に苦手意識を持っているだろう。自分で言ってて悲しくなるけれど。

俺への失言は気にした様子もなく、瀬名は再び十神に向き直る。

「十神さんなら難しい恋愛の機微も一発ですよね！　ね！」

「え……ええ、任せてください。これでも私、恋愛マスターと言っても過言ではない程度の見識を持っている可能性がありますので」

「おおーー!!」

パチパチと拍手する瀬名に、むんずと腕を組んでドヤ顔をしてみせる十神。

裏の顔を知っている俺はこれが虚勢だとわかるが、瀬名はそんなこと知る由もない。

「では瀬名さん。もう少し詳しい話を聞いてもよろしいですか？」

十神が話の矛先を逸らすように、瀬名を促した。

◆

瀬名は幼なじみの橘という男子に好意を寄せている。だが、橘にとって瀬名はあくまで幼なじみで、女子として見られていないらしい。そこで瀬名は、自分に意識を向けさせようと思ったのだが、恋愛経験に乏しいためやり方がわからず、生徒会に相談した。

話をまとめるとこんな感じだ。

「お、幼なじみの男子……」

一通り話を聞いた愛梨澄が、ぼそっとつぶやいた。

「すまない。ひとつ気になったのだが、こういう相談は生徒会よりも近しい友人にした方がいいのではないだろうか?」

鳳来先輩の質問に、瀬名はバツが悪そうな表情を浮かべる。

「うっ……それはそうなんですけど、友達にはもう付き合ってると誤解されちゃってて。私もなんとなく話を合わせちゃってますし」

「誤解を解こうとはしないのですか?」

「だっ、だって！　気持ちよくなっちゃうんですもん！　『いいな～ラブラブで』とか、『私も彼氏欲しい〜』とか言われると、本当に付き合ってる気分になっちゃうんですよお！」

「そ、そういうものなのですか……？」

十神は釈然としないといった風だ。

だが、いつの間にか愛梨澄が瀬名に駆け寄って、その両肩をがしっと掴んだ。

「わかるっっ！　わかるよその気持ち!!」

「わかってくれますか、由良さん!!」

「うんうん、距離感が近いやつに恋すると苦労するよね。相手が鈍いと尚更」

「そうなんです！　でもそんな他の男子と違うところが好きだったりするんですよ！」

「本当にそれ！　いや、別に幼なじみに恋してるとかそういうわけじゃないんだけど、あくまで一般論としてね、うん」

愛梨澄はなにかを誤魔化すように顔を逸らして、こほんと咳ばらいをした。


それぞれが瀬名の相談について考えている間、俺は十神に近寄って小声で聞いた。

「おい十神、さっきの恋愛マスターってなんだよ？」

十神は自信満々のドヤ顔を浮かべて答える。

「言葉の通りです。これでも私、恋愛漫画はそれなりに読んでいるんですよ」

「……は？」

「郡上さんは知っていますか？　恋愛漫画を読めば、恋愛に関するさまざまな問題や喜びについて学ぶことができるのです！　これまで数十作は読んできましたから、私の頭の中には数十人分、いや作中で複数カップルがいるケースもありますから、実質的にそれ以上の恋愛経験があると言えます！　私のオススメはそうですね、明るくて元気な女の子が落ち着いて静かなタイプの男の子に恋をする『対照的な君と僕』、スーパーの店員さんとサラリーマンの人がじりじり距離を縮めていく『スーパーの裏でメシ食うふたり』、あとは……」

話しているうちにテンションが上がってきたのか嬉々としてオススメ作品を語りだす十神。

こいつ……恋愛漫画だけ読んで恋愛を知った気になってやがる……！

「幼なじみのラブコメといえば『幼なじみが絶対に勝てないラブコメ』とか……ああでも、これは負けてますね……」

なあ十神、現実世界は恋愛漫画とは違うんだぞ、と残酷な真実を告げてやろうかと思ったその瞬間。

「エロ自撮りだね」

愛梨澄が唐突にとんでもないことを言い出した。

「由良さん⁉　それはつまり……⁉」

ハッとした表情の瀬名が口元に手を当て、わなわなと震えだす。

「大事なのはそう、相手の中にある瀬名さんの認識を『ただの幼なじみ』から『同級生の女子』に変えること！　それにはつまり、ドキドキが必要なわけ！」

恋愛マスターっぽいことを言い出したぞ、愛梨澄のやつ。

「なるほど、ドキドキですか。鈍感といえどアイツも所詮は高校生男子、エロには勝てないはず……っ！」

「その通りだよ瀬名さん！　高校生男子がエロに勝てるわけない！　つまり、エロ自撮りさえ送れば恋愛対象に昇格すること間違いなし！」

「おお〜〜〜っ！」

感心した様子でパチパチと拍手を送る瀬名。

「ううん、それはどうなのだ……？」

鳳来先輩は微妙そうな表情を浮かべている。

そりゃそうだ。

生徒会に相談して得られた結論が「エロ自撮りを送ろう」ってのは問題がある。

「十神、これはさすがに止めた方がいいんじゃないか？」

「確かに、恋愛漫画にも無防備な部屋着やパジャマ姿の写真を送るシーンはありますね。その後に男性が赤面してドキドキする、というのが定番パターンです」

「は？」

「エ……エッチなのはよくないかもしれませんが、ちょっと女性らしさを意識させるような写真を送る作戦は、試してみる価値がありそうですね。恋愛マスターとしても、この方法には一理あります」

十神は真剣な表情でうなずいて同意を示した。

この、ポンコツ恋愛漫画脳が……！

「その通り！　さすが十神さんはよく分かってる！　よっ、恋愛マスター！」

「やっぱり生徒会長さんともなると、見識が広いんですね！　尊敬します！」

「ふふん、まあこれくらいは当然です」

十神は腕を組んでふんふんと小さく鼻息を漏らした。

二人におだてられて気持ちよくなっているらしい。

呆（あき）れて言葉を失っている俺に、愛梨澄が呼びかける。

「というわけで貴樹、ちょっと出てってもらえる？」

「おい愛梨澄、まさかここで撮るのか？」

「善は急げって言うでしょ」

「どっちかというと悪寄りな気もするが……」

「とにかく、男子のアンタがいたらエロ自撮りが撮れないでしょうが！　ほら、出てく！　見たらぶっ飛ばす！」

「お、おう……瀬名、とりあえず頑張ってくれ」

流れで「頑張って」とは言ったものの、果たして男の俺が同級生女子のエロ自撮り撮影を激励していいのだろうか。なんかの罪にならないよな？

ともあれ、俺は生徒会室を追い出された。

どうしたもんかと、閉じた扉からやや離れた場所で立ち止まる。いや、中で何が起きているのか気になったとかそういうのじゃないが、ドアの隙間から声が漏れてくるのは仕方ない。不可抗力というやつだ。

「さあ瀬名さん！　今からめっちゃエロいやつ撮っちゃおう！　もう見ただけでメロメロになっちゃうようような！」

「はい、由良さん！　覚悟はできてます！」

「よし。とりあえず胸元のボタンを外してみよっか。おおっ、これはエロい……！」

「そ、そんないきなり胸を露出すると下着が見えてしまいます……！」

「それがいいんだよ十神さん。恋愛漫画ならもっと過激でしょ！」

「なあ、本当に生徒会室で撮るのか？　場所を移すとか」

「ダメですよ！　このカッチリした空間にエロを組み合わせるのが良いんです！　緩急つけていきましょう！」

「うう、前年度の先輩方に顔向けできないぞ私は……」

「次はそうだね、椅子に座って片膝を上げて」

「こうでしょうか？」

「良い感じだよ瀬名さん！　うん、良い！　次はこう、スカートをくいっと！」

「えいっ！」

「おおっ、テンション上がって来るね！　私も暑くなってきた！」

「これはさすがに、エ、エッチすぎませんか由良さん⁉」

「いやいや、エッチじゃなきゃエロ自撮りじゃないから。最近の高校生男子はネットで裸くらい見慣れてるからね！　エッチすぎるくらいが丁度いいわけ！　それじゃ次の構図は……そうだ、私が寝そべって下からのアングルで……」

　ドアこそ閉まっているものの、大声ではしゃぐ声が漏れ聞こえてくる。つい、中で何が行われているのか想像してしまう。もちろんこれも不可抗力だ。

　とはいえ、さすがに刺激が強すぎる……。

「あー、ちょっと中庭の自販機でも行ってくるかなー」

　耐えきれなくなった俺は、誰に聞かせるでもなく独り言をつぶやき、そっと生徒会室を離れたのだった。

◆

自販機でたっぷり時間をかけて悩み、結局紙パックのオレンジジュースを買った。

ストローで飲みながら戻ると、生徒会室の扉は開いていた。

どうやら自撮り撮影は終わったらしい。

いきなり入って事故ると嫌なので、念のためコンコン、とノックをする。

中から「はあい……」と愛梨澄の気だるげな声が返ってきた。

恐る恐る中をのぞいてみると、瀬名を含めた四人はぐったりした様子で机に突っ伏していた。

「お、お疲れ……」

「ああ、郡上さんですか。追い出してしまってすみません」

俺を認めた十神がゆるゆると顔を上げる。

「で、自撮りは送ったのか？」

「あれは結局、過激すぎるということでボツになりました」

困ったように笑う十神。

そばでは愛梨澄が苦笑して、瀬名が真っ赤にした顔を両手で覆っている。

「いやーっ、さすがにアレはやりすぎたね。流出したら瀬名ちゃんの学生生活が終わってたよ」

「うう、調子に乗った……。あんなところやこんなところまで……」

「でもさ、送る前に気付いてよかったよね？」

「その通りだな。生徒会室であんなの撮ったことがバレたら、私たちも反省文くらいは免れなかったぞ」

腕組みして呆れた表情の鳳来先輩も、ちょっと顔を赤らめていた。

本当にどんな写真を撮ったんだこいつらは。

「お前ら、生徒会室で何やってたんだよ」

俺は四人から離れたソファに座り、はあっとため息をついた。

どうやら恋愛相談は停滞していたらしい。

そういうこともあろうかと、俺は散歩の間に考え付いたアイデアを言ってみる。

「そもそも、自撮りなんかなくてもメッセージだけで十分なんじゃないか？」

「たとえばどんなのよ？」

「そうだな、定期テストも近いし『今度私の部屋で勉強会しない？』とかどうだ？　人目のある図書室とかファミレスとかよりも、相手のことを意識しやすくなるんじゃないか？」

「ふむ。勉強会という口実は高校生らしくていいかもしれない。仲のいい幼なじみなら不自然ではないラインだろうし、それでいてプライベートな空間での勉強には特別感もある」

鳳来先輩はこの案にのってくれた。エロ自撮りよりは何でもマシだろうが。

「なるほど！　部屋での勉強会を取り付ければ、さらにその場で恋愛感情に発展することもあり得ますからね！　勉強中に手が触れあったり、どちらかが居眠りして寝顔を見ちゃったり、うっかり相手のグラスを取って間接キスなんてことも……」

恋愛漫画脳の十神的にも好感触らしい。妄想世界に突入してぽーっとしている。

愛梨澄もふむ、と感心する様子を見せる。

「シンプルイズベスト、貴樹にしてはいい案ね……瀬名さん、どう？」

「そうですね、私としては全然ＯＫです。送ってみます！」

瀬名はタタタっとスマホの画面をタップする。

『今度勉強教えて　私んちで』

シンプルなメッセージを送信する瀬名。アプリ画面を開いたまま、俺たちにも見やすいようにスマホを机の上に置いた。

一分も経(た)たないうちに、ポロン、と通知音が鳴る。

「来たっ！」

「なんて書いてあるんですか？」

「えっと……『お前の部屋二人も座れるスペースないやん草』」

「「「…………」」」

気まずい沈黙が流れた。

瀬名は既読無視のままスマホの画面を消した。

その顔は恥ずかしさと悔しさでぷるぷると震えている。

「とりあえず、掃除はした方がいいと思うぞ」

「わかってますよっ！」

いたたまれない表情で突っ込んだ鳳来先輩に、瀬名が涙目で言い返した。

「くう……幼なじみの弊害がこんなところで……」

「まあ、足の踏み場もない部屋に気になる男子を入れずに済んだと思えばいいだろ」

「そういう問題じゃないですぅ！」

俺の慰めも効かなかった様子で、瀬名はぐったりと机に上半身を伏せた。

その様子を見ていた十神が、あごに手を当てて真面目な顔つきでつぶやく。

「これは……吊り橋効果の出番ですね」

「それって、恋愛のドキドキと吊り橋を渡るときのドキドキが混ざるっていうアレか」

「その通りです！　ふむ、吊り橋効果を知っているだなんて、郡上さんはもしや恋愛マスターなのですか？」

「んなわけあるか」

多少なり恋愛要素のある漫画やアニメを通ったことがあれば、基礎教養の部類だろう。

知らない人に詳しく説明すると、「素敵な人に出会う↓恋が芽生える↓ドキドキする」という普通の恋愛の流れを逆手に取り、「揺れる吊り橋を渡る→ドキドキする→そのとき一緒に居た人に恋をする」という状況を生み出せるという理論だ。

　俺は恋愛マスターじゃないから細部は間違ってるかもしれないが、だいたいそんな感じ。

「良いねーその案！　でもさ、どうやって幼なじみ君をドキドキさせるわけ？」

　不思議そうに尋ねた愛梨澄に、十神がなぜか俺を見てにこりと微笑む。

「そこで、郡上さんの出番です」

「……へ？」

◆

　翌日の放課後。

　俺たち生徒会メンバーは、高校の最寄り駅に入っているチェーンのカフェに集合した。

　俺だけが二人掛けの小さなテーブル席に。残りのメンバーは少し離れたボックス席に陣取っている。

　これから、瀬名と幼なじみの男子（橘）が合流する予定になっている。

　十神の考えた作戦というのはこうだ。

まず、瀬名と橘が一緒に帰る状況を作り出し、瀬名が二人でカフェに入るよう誘導する。そのカフェに待機していた俺のテーブルに瀬名がわざとぶつかり、俺が必要以上に怒ってみせる。これで橘をドキドキさせるというわけだ。

単にドキドキさせるだけなら他の方法もあっただろう。

だが、昨日の十神はこう言った。

「いいですか。まず郡上さんが凄んで見せることで、橘さんをドキドキさせます。これで吊り橋効果の第一段階はクリアですが……それだけじゃありません」

「というと？」

期待に満ちた目を向ける瀬名。

まだ十神のことを恋愛マスターだと思っているらしい。ピュアすぎるだろ。

「なんと、橘さんが瀬名さんを守ろうとして郡上さんに立ち向かい、一気に良い雰囲気になるチャンスもあるのです！」

「おおっ、不良に襲われてピンチに陥ったヒロインをかばう主人公！　まさに恋愛漫画とかに有りそうなシチュエーションですねっ！」

「おい、勝手に不良にするな」

俺のツッコミも瀬名にはどこ吹く風で、尊敬した表情で十神を見つめている。

「ええ、うまくいけばこのまま一気に恋人関係になる可能性すらあります」

「さすがです十神さん！　生徒会の方々に相談した甲斐がありました！」

「おい待て、俺をダシに使うな！　っていうか、橘がマジでビビって逃げたりしたら……」

どうにか損な役回りから逃れようと反論を試みる俺。

その肩にポン、と手が置かれた。

「貴樹、これも生徒会のためよ」

愛梨澄は微妙に笑いをこらえたような顔で言う。

「貴樹の顔が活かせるまたとないチャンスじゃない」

「お前、ちょっと面白がってないか？」

「他人の恋愛相談で悪ノリするの、楽しすぎるのよね」

「少しははぐらかせよ」

というわけで、さっそく翌日に作戦決行となったのであった。


待つこと数分。

すでに瀬名からは『もうちょいで到着します』とメッセージが入っている。

「あ、瀬名ちゃん来たよ！」

「どこですか？」

「今、列の後ろに並んでいるな」

ボックス席の三人が小さく会話するのが聞こえ、俺もそちらに目を向ける。

なるほど。列に並んだ瀬名の隣に、メタルフレームの眼鏡(めがね)をかけた男子がいた。

てっきり瀬名のような体育会系なのかと思っていたが、橘はインドア系っぽい雰囲気だ。よく考えてみればただの幼なじみなので、部活や趣味が合わないことも十分にあり得る。

ボックス席の十神たちが俺に視線を送り、こくりとうなずく。

それを見た俺も仕方なくうなずき、テーブルの上を片付けておいた。瀬名がぶつかった時、ドリンクがこぼれたりしたらマズいからな。

二人が注文を済ませ、こちらの方に歩いてくる。

瀬名は俺の奥側にある窓に面したカウンター席を指さしており、そっちに座ろうと誘導しているのだろう。

「きゃあっ！」

瀬名はすれ違いざまに、予定通り俺のテーブルに足をぶつけた。

これで俺がわざと大げさに怒ればいい……はずだったのだが。

「あっ」

予想以上にバランスを崩したのか、瀬名のトレイに載っていたプラスチック製のグラスが倒れる。そのまま、グラスからオレンジ色の液体が盛大に俺の顔面に降(ふ)り注(そそ)いだ。

バシャッ。

瞬間、果実100%オレンジジュースの爽やかな香りが鼻孔を直撃した。

唇の隙間からほんのり甘酸っぱいオレンジの風味が口中にしみ出してくる。

「ぐ、郡上さん！」

「く、くふっ、くふふっ」

「はあ……何をやっているんだ」

ボックス席にいる三人の押し殺した声が耳に届いてくる。愛梨澄のやつは笑いがこらえきれない様子だ。

「…………」

「……あ、あのう……大丈夫、ですか？」

顔面からオレンジジュースを滴らせ、明らかに大丈夫じゃなさそうな俺に、引きつった表情の瀬名が話しかける。

橘は俺が同学年の郡上だと気付いたのか、顔を青白くしていた。

俺はハンカチを取り出して、まず顔面のオレンジジュースを拭いた。制服も押さえるが、少なくとも洗濯は必須だろう。

「なあ、これは一体……」

最初の衝撃から脱した俺がようやく口を開きかけると、橘がすっと瀬名の前に割り込んできた。そして流れるような仕草で腰を折り、店内に響き渡るほどの声で叫んだ。

「すっ、す、すみませんでしたあああああっ!!」

「あ?」

突然のことに、俺の脳はフリーズする。

目の前の橘は今にも土下座しそうな勢いでひれ伏す。

というかすでに片膝をついている。

「マジでその、こいつが本当に申し訳ないことを……っ! すみません、すみません!」

「いや、俺は別にそこまで怒ってるわけじゃ」

「バカなんですこいつ、でも悪気はないんです! 本当にその、郡上くんに敵意があるとかそういうんじゃないんです!」

俺の言葉も聞こえていないようで、橘は必死になって弁解する。

その背後で瀬名は両手を口に当て、「ゆうくん……」とぽうっとした表情でつぶやいていた。

なんでそうなる。っていうか瀬名のやつ、橘のことを「ゆうくん」って呼んでるのかよ。

いや、見方によっては幼なじみを身を挺してかばっているのかもしれないが、そんなにカッコいいシーンだろうか?

「俺はどうなろうが構わないから瀬名だけは見逃してやってくれませんか!」

「だから別に俺は……」

「すいません！　マジで郡上くんに逆らおうとかそういうんじゃないっす！　俺たち普通の高校生なんです！」

「俺も普通の高校生だからな！」

こいつは俺のことをなんだと思ってるんだよ。

橘の悲愴な剣幕に、被害者の俺まで心がチクチクと痛む。

おまけに橘がオーバーリアクションすぎるせいで、周囲からは「あれって大丈夫？」「恐喝かな」「警察とか呼ぶ……？」といった囁き声が聞こえてくる。

「お、お金ですか⁉　そうですよね、服が濡れちゃいましたもんね！　そうだ、あの、俺の制服とか今ここで全部脱いでいくんで、せめてそれで手打ちってことに……！　俺の眼鏡もあげます！　度数割と高いっす！」

「財布を出すな服も脱ぐな眼鏡も要らん‼　頼むから止めろ‼」

俺は橘を羽交い絞めにしてどうにか落ち着かせた後、別に怒ってはいないこと、財布も制服もいらないことを説明した。もちろん作戦のことは話せなかったので、瀬名にも口頭で注意はしておいた。

はあ……これからしばらくは、あの店に入れないだろうな……。

◆

数日後の生徒会室。

「そういえば瀬名たちって結局どうなったんだ？」

あの後、瀬名からは騒動の翌日に直接謝罪を受けた。

クリーニング代も渡そうとしてきたが、それはさすがに断った。ただでさえ悪い噂に尾ひれがつきかねない。

まあ、家で水洗いしたら思ったよりシミにならなかったし、ちょっとオレンジの匂いがついたくらいで実害はなかった。今でもちょっと体を動かすと、爽やかな柑橘系の香りがふわっと鼻先で香るくらい。

すると、俺の隣で事務作業をしていた十神が顔を上げた。

「ああ、瀬名さんの相談なら、いったん解決という話になりました」

少し離れたソファに座っていた愛梨澄も、俺たちの会話を聞いていたらしい。

頬に両手を当ててぽうっとした表情ではしゃぐ。

「『私たちには私たちのペースがあるから、急がなくてもいいかなって思ったの。あいつが私のことを大事に思ってくれてるのはわかったし』だってさ。きゃーっ！」

「確かに橘は瀬名のことをかばってはいたが……アレでいいのか？」

正直、俺からすれば橘がカッコいいとは言いがたかったのだが。

パニックというか、取り乱していたというか。少なくとも俺が想像する「カッコよく女性のピンチを助ける男性」の像には当てはまらない。

俺が困惑気味につぶやくと、愛梨澄がやれやれと首を振った。

「はあ、アンタは何もわかってないわね……。ある程度相手のことを知ってると、カッコいいから好きだとかそういう段階を通り過ぎて、ダメなところも全部見えた上で好きになっちゃうわけ。私にはわかる」

「なるほど。恋の道は深いな」

鳳来先輩は腕を組み、うんうんとうなずいていた。

十神も俺にだけ聞こえるくらいの小声でつぶやいた。

「私も、もっとたくさんの恋愛漫画を読んで修練を積まなければいけませんね。立派な生徒会長になるために」

「いや、それは違うんじゃないか……？」

そんなこんなで、俺たち生徒会に寄せられた初めての相談は解決となった。

ちなみに、その後も生徒会に届く相談はいずれもロクでもないものばかりで、俺たちはハムスターの里親探しや定期テストの勉強相談などに駆り出されたのだった。

うちの生徒たちは、生徒会の認識を誤っているのではないだろうか……。

第七章 郡上の家のちょっとした事情

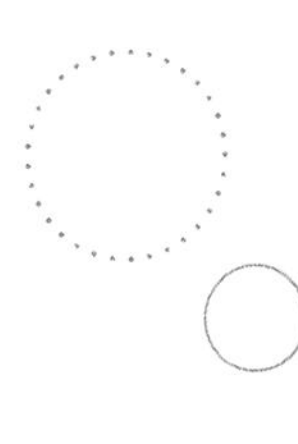

生徒会に入ってしばらく経過したある日の朝、六時三十分。

ピピピッ、ピピピッ……ピピピッ、ピピピッ……。

無機質なアラーム音が夢を貫通して鳴り響く。

意識が無理矢理、引っ張り上げられた。

腕だけをベッドから出し、テーブルの上にあるスマホを探り当てる。指先で画面に触れ、アラーム音を止めた。

そのまま滑らかに意識は薄れ、至福の二度寝に突入。

ああ、二度寝ってどうしてこんなに気持ちいいんだろうな……何回遅刻してもやめられる気がしない。夜に寝付くのはあれだけ時間がかかるくせに、二度寝には一瞬で突入できるのって人体のバグだろ。

その後も睡眠と覚醒(かくせい)の狭間(はざま)で反復横跳びを繰り返し、四度目のアラームで観念して起きた。

六時四十三分。だいたいいつも通りの時刻だ。

生徒会に入る前は一度目のアラームを七時にセットしていたが、生徒会に入ってからは遅刻を避けるために時間を早めていた。

おかげで、四度寝してもまだ時間に余裕がある。

歯磨きと洗顔を済ませ、なーちゃんの部屋へ向かう。

「おーい、早く起きろー」

コンコン、とノックをして扉の外から声をかけるも返事はない。

もちろん中で屍（しかばね）になってるわけではなく、耳をそばだてればゴソゴソと物音がする。

「開けるぞ」

言葉と同時に扉を開けると、ベッドの上で毛布にくるまったなーちゃんがいた。体は見えないがもぞもぞ動いているので、意識は浮上しているのだろう。

「起きろって」

「嫌だ……あと五分……」

「うるせえ」

子どもみたいな返事にイラッとしたので、問答無用で毛布をはぎ取る。

「ひゃんっ」

変な声をあげて、中身がごろりとベッドの上に放り出された。しばらく両腕が毛布を探してもがいていたが、すぐに無駄を悟ってパタリと停止した。

泣き顔になりながらも目はしっかりとつむったまま、絞り出すような声でつぶやく。

「うう……たっくんの鬼畜ぅ……鬼畜眼鏡ぇ……」

「眼鏡はかけてないだろ」

朝っぱらから意味不明なたわごとをわめくこいつが、通称なーちゃん。

本名は郡上菜穂。

学名はホモ・サピエンス、性別は女性、二十八歳、独身で彼氏なし。

俺の実の叔母である。

根本に黒い部分がのぞく茶髪のセミロングに、モデル体型とは言えないがそこそこ整ったプロポーション。

顔つきはかなりの童顔。贔屓目に見れば大学生と間違われる程度には若々しい。

父さんと十歳以上も離れた妹で、俺が生まれた時はまだ中学生だった。俺の物心がついた頃でも高校生だったから、記憶の底の方には制服姿のなーちゃんが残っている。

そのせいか俺に「叔母さん」と呼ばれるのを極度に嫌っており、「なーちゃん」という呼び名を徹底させているというわけだ。

まあ、二十代で「叔母さん」と呼ばれたくない気持ちはわからないでもない。呼び間違えるといちいち不機嫌になるのだけは面倒くさいからやめてほしいが。

今は毛布がなくなったのを紛らわすためか、両手でぎゅっと枕を抱きかかえている。

どうやら、まだ夢の世界に未練があるらしい。

ストロベリー柄のガーリーなパジャマは裾がはだけ、すべっとした腹と下着がのぞいている。

寝起きが悪いなーちゃんを起こすのは、俺にとっての日課になっていた。両肩を持ってゆさゆさと体を揺すってやる。

「なーちゃん、頼むから起きてくれ」

「ひぃん……やめへぇ……」

「おい、変な声を出すな」

「ごめんねたっくん……もしかしてぇ……私のあられもない姿を見て、エッチな気持ちになっちゃったぁ……？」

「ぶちのめすぞアラサー」

そう言った途端、なーちゃんはさっきまで寝てたとは思えない俊敏さで起き上がり、ベッドの横に立つ俺を真顔でのぞきこんだ。

「年のこと言うのはやめてって言ってるでしょ私まだ二十代だし街歩いてたらたまにナンパされるしコスメ買いに行ったら毎回『え〜二十代後半にはとても見えないです〜肌質もいいし〜』って店員さんに褒められるし」

「うおおっ！　急に真顔でまくしたてるのやめろ、怖いから！」

「たっくんはもう高校生なんだから悪いことしたらなんて言えばいいのかわかるよね？」

「悪かった、謝るから！　ごめんなさい！」

光のない目つきに、読点の気配がない無機的な口調の合わせ技。あまりの圧に、深海で圧縮されたカップ麺の気分になる。

っていうか、なーちゃんはどうやって目のハイライトを消してるのか本当に謎だ。自分の意思でどうこうできる部分なんだろうか？

年齢のことを持ち出されて一気に目が覚めたのか、なーちゃんは渋々といった態度でベッドから下りた。

「ったく、これだからいつまでも自分が若いと思ってる学生は……二十代後半になると色々やばいんだっつーの……」

さっきは店員さんに褒められるとか言ってたじゃん、とは口が裂けても言えない。

なーちゃんはぶつくさ言いながら、洗面所やトイレのある方へ歩いていく。

その姿を見届けて、俺は朝食を作りにキッチンへ向かった。

俺はなーちゃんと、この２ＬＤＫのマンションで二人暮らしをしている。

キッチンに戻った俺は、四枚切りの食パンをオーブントースターにセットした。起きてすぐに冷蔵庫から出して常温にしておいた生卵とハムをフライパンに落とし、フタをして蒸し焼きにする。待ち時間に添える用のミニトマトを軽く水洗いし、弁当の分も取り分けておく。

「はあ……なんで朝なんて来るのかねえ……明けない夜はないなんて言わないでさあ、終わらない夢を見させてほしいよねえ……」

「うまいのかどうか判定に迷うこと言ってる暇があったら、ジャムと食器を出してくれ。あとコーヒーも」

「へーい」

辛気臭い顔つきで現れたなーちゃんをパシり、俺はトーストとハムエッグとミニトマトを皿に盛りつける。小分けで冷凍してある米をレンジに入れ、弁当用に解凍しておくのも忘れない。

皿を持って行くと、すでになーちゃんはダイニングテーブルに着いてスタンバイしていた。なーちゃん自身と俺の分のコーヒーも用意してある。

「ほい、できたぞ」

「あんがと。いっただきまーす」

なーちゃんはいじっていたスマホを置いて無邪気に手を合わせ、トーストにジャムを塗り始める。ついさっきまで年齢や朝についてぶつくさ言っていたが、もう機嫌は直ったらしい。

こういう切り替えの早さは、なーちゃんの美点のひとつだ。

「そうそう、今日は久しぶりに早く帰ってこられると思う」

「了解。最近は結構忙しそうだったな」

「そだねー。私の持ち分はいつも通りだけど、新人の子から巻き取った分もあったから」

こう見えてなーちゃんは、地元の出版社に勤めるバリバリの社会人だ。

会社ではタウン誌の編集を務めており、仕事ができるため同僚からは頼りにされているらしい。そのせいか残業も多めで、帰ってくるとへろへろになっている日も多い。

とはいえ、家の中では生来のだらしなさを遺憾なく発揮しており、掃除はしないし料理は作らないし洗濯機は回さないし風呂上がりに裸のままウロウロする。そんなわけで、甥の俺が家事を一手に担っている。

俺もなーちゃんに対抗して家事を一切放棄できればよかったのだが、悲しいかな、俺は冷凍食品のローテーションにもシンクが腐海と化すのも先週履いた靴下のうちマシなやつをもう一度履くのも耐えられなかった。

根負けしたというわけだ。

というか、なーちゃんは放っておけばどこまでもズボラで居られるくせに、顔の化粧とスキンケアはちゃんとやるのが謎だ。美容に割く労力の数%でもいいから、部屋とかトイレとか冷蔵庫の中身とかを気にかけてほしい。

ハムエッグに醤油をかけて黄身を割り、とろっとした卵黄とハムを絡めて口に運ぶ。

うん、今日はかなりうまくいったな。

朝食の出来栄えを自画自賛していると、なーちゃんが話しかけてきた。

「そういえばさー、最近のたっくんって朝早くない？」

「そうだな。ちょっと前に生徒会に入ったからあんまり遅刻したくないし」

「へー。……ん？　生徒会？　初耳なんですけど！」

「言ってないからな」

「言いなさいよ！　これでも私、たっくんの保護者なんだから！」

「あー、まあ、そうか。ごめん」

家の中では俺が保護者みたいな気分だから、たまに忘れるのだ。

だって、料理、洗濯、掃除、だいたい俺がやってるんだぞ？　ごみ捨てくらいは言えばやってくれるけど。

朝食ついでに俺は、生徒会に入った経緯をなーちゃんに説明した。

もちろん、生徒会長さんがとんでもないポンコツだった、なんてことは話さなかったが。

「……ってわけ。まあ、無理に入らなくてもちゃんとすれば留年は回避できたっぽいけど、今さらやめるわけにもいかないしな」

「ふーん、たっくんが生徒会ねえ。中学の頃だったらわかるけど、最近の様子を見てたからちょっと意外」

「俺だって入りたくて入ったわけじゃない」

「でも、まだやめてないってことは、そんなに悪くないんでしょ？　結構楽しいんだ」

「それはどうだろうな。面倒だとは思ってる。俺は別にワーカホリックじゃないし、仕事はない方が良い」

「でも、生徒会の居心地は良いと思ってるんだ。あ！　そうかそうか、愛梨澄(ありす)ちゃんが一緒だから？」

「……なんであいつの名前が出てくるんだよ」

「いやー、青春だねえ、恋だねえ、持つべきものはカワイイ幼なじみだねえ、幸せのお裾分け(すそわ)がほしいねえ」

「はあ、言ってろ」

愛梨澄が生徒会に居て助かってるのは確かだけど。

それをなーちゃん相手に認めると面倒になりそうで、俺は適当にあしらった。

あと、十神(とがみ)との関係についても極力隠さなければならない。

もし生徒会長が見てくれだけとはいえ類まれな美少女であり、あまつさえ秘密を共有する仲だと知られれば、どんなふうにからかわれることやら。

そんなことを考えていると、なーちゃんがこちらをじっと見つめているのに気が付いた。

なーちゃんは思いのほか真剣そうな、それでいて優しい表情でこっちを見ていて、思わずトーストを食べる手が止まってしまう。

「どうした？　なんか変なこと考えてるんじゃないだろうな？」

「いや、そんなことはないよー。ただ、最近のたっくんは楽しそうで良いなーとね、保護者としてのワタクシは思うわけですよ」

「……そっすか」

急にそんなことを言われてしまい、照れ臭くなって顔を逸らす。

だが、なーちゃんはそれくらいで見逃してはくれない。

「高校受験で頑張って偏差値高いところに入ったのに、骨折してグレちゃうし」

「グレるってほどじゃないだろ」

「そこはやっぱり、真面目だった中学時代との落差がねー。高校に入る前だって色々あったわけだしさ」

「父さんのことは、仕方ないって理解してる」

「理解はしてるけど納得はしてないでしょ」

「…………」

「たっくんは優しいから、お父さんのことを悪く思いたくないんだよね」

父さんは俺を経済的に養う必要があるし、海外赴任が延びたのも会社の事情。子どもの俺が文句をつけるなんてワガママだ。

頭ではそう、理解はしているのだ。

しかし、本当になんのわだかまりもないと言えば……それは嘘になってしまう。

心がもっと単純にできていたら、どれだけ楽だったか。

「でもさ、それでストレス抱えてどうしようもなくなって、愛梨澄ちゃんとか学校の先生とかに迷惑かけちゃうのは、結局なんの解決にもなってないからさ。たっくんのためにもなってない、ただの自傷行為だよ。セルフネグレクトって言葉、調べてみな」

黙り込んだ俺に、追撃のように見透かした言葉をかけてくる。

普段はちゃらんぽらんなくせに、こういうところで人生経験の差を実感させられる。

「……まあ、今の俺は割と大丈夫だから。安心して」

「うん。私も最近のたっくんなら安心かな。あ、時間は大丈夫？」

これで話はおしまいとばかりに、なーちゃんが俺に促す。

確かに、もう食器を片付けて家を出る準備をした方がいい時間だ。食器を持って立ち上がると、なーちゃんがマグカップと皿を突き出してきた。

「ねえたっくん、これも洗っといてー」

「いい加減、食器くらい自分で洗えるようになってくれよ」

「私は洗えるよ？　でも、私が食器洗うとたっくんが『全然汚れが落ちてない』って怒るからさー、仕方なくたっくんに任せてるってわけよ」

「ああ、そうだったな……」

俺はため息をついて食器を受け取る。

まったく、いつか本気でなーちゃんに家事を仕込んでやろうか。

◆

その日の帰り道。

今日の生徒会は仕事量が多く、日がとっぷり暮れるまで活動していた。

愛梨澄と一緒に最寄り駅で降り、家の近くまで並んで歩く。

途中からバス通りを逸れて、住宅街に入った。くすんだ色の街灯に羽虫が繰り返しぶつかって、細い路地に小さな音を響かせている。

十月も下旬になり、夕方はそこそこ涼しくなってきた。一年中これくらいの気温だったらどんなにいいか、と毎年思っている気がする。どうせあと半月もすれば、夜は寒すぎるくらいになるのだろう。

「……ってな感じで、もうアラサーなのに困ったもんだ」

「ふーん。なーちゃんも変わってないねー」

俺は歩きながら家のこと、要するになーちゃんについての愚痴をこぼしていた。

由良(ゆら)家と郡上家は、俺が小学生の頃から家族ぐるみの付き合いがあった。だから愛梨澄もなーちゃんと顔見知りだし、俺も愛梨澄のご両親はよく知っている。

「そういえばなーちゃん、付き合ってる人とかいないの？」

「俺が知る限りはいないな。興味もないっぽいけど」

　まだ一緒に暮らしていなかった頃のことは知らないが、少なくとも二人で暮らすようになって以降、なーちゃんから誰かと付き合っているという話を聞いたことはない。

　もちろん、俺には隠している可能性もあるけれど。二人暮らしで上手に誤魔化すのは難しいのではないかと思う。

「へー、ちょっと意外」

「そうか？　あの人と付き合える心の広い人間なんてそうそういないだろ」

　俺がそう言うと、愛梨澄は「お前はバカか」とでも言いたげに眉根を寄せた。

「いやいや、自堕落な性格とか家事が壊滅的なことって、付き合う前はわかんないじゃん」

「それはまあ、確かに」

「なーちゃんって結構美人だし、普通にモテるでしょ。彼氏くらい作ろうと思えば余裕で作れると思うなー」

　さすがに俺だって、なーちゃんは顔立ちが整っている方だとは気付いていたけれど、思っていた以上に愛梨澄からは高評価だった。家族だから容姿についての判定は少し難しい。

「だからまあ、彼氏作んないのには理由があるって考えるのが自然だよね」

「理由、か」

　しばらく黙ったまま歩き、なーちゃんとの生活について考えた。

　叔母と甥でありながら二人暮らしの家族。

世間一般に照らしたら、少し特殊だろう。

今まではうまく回っていたが、それは絶妙なバランスで成り立っていたものだ。どちらかの環境が少しでも変われば、崩れてしまうほどに。

「俺がいるから、彼氏を作りにくいってことか」

ぽつりと漏れた言葉に、愛梨澄はうーん、と腕組みをする。

「まあ、彼氏と同棲なんてことになったら、貴樹が一人になっちゃうもんねー」

「やっぱりそうだよな」

「なーちゃんも我慢してるってわけじゃなくて、今は自分より貴樹を優先したいってことなんだろうけどね。だからアンタが気に病む必要はないけど、ちょっとくらい優しくしてあげてもいいと思うなー」

「……悪い愛梨澄。俺、スーパーに寄ってくから、先に帰っててくれ」

今日の夕飯は冷蔵庫にある食材で済ませるつもりだったが、たまには奮発してすき焼きでも作ってみようか。

そんな俺の胸中を見透かしてか、愛梨澄が優しい微笑みを浮かべる。

「そ。じゃー私はここで。また明日ね」

「おう」

◆

「ただいまー」

家の扉を開けると、人感センサーでパッと照明が点(つ)いた。暖色に染まった玄関が広がっている。三和土(たたき)にはなーちゃんのパンプスが無造作に散らばっており、段差を上がったところにビジネストートバッグが置かれていた。

仕事の忙しいなーちゃんにしては珍しく、もう帰宅しているようだ。

「なーちゃん、いるかー？」

廊下の先、光の漏れるリビングの扉に向けて呼びかけるが返事はない。

とりあえずさっさと靴を脱いで、キッチンに食材を置きにいこう。

「……ん？」

玄関からリビングにつながる廊下に、なにやら布のようなものが落ちていた。

荷物を脇(わき)に置いて拾い上げてみる。

「……ストッキング？」

それは、普段なーちゃんが穿(は)いている黒のストッキングだった。

ふと目線をずらせば、扉の前にはジャケットが落ちていた。

状況証拠から推測するに、どうやら家に帰って早々、カバンも服も脱ぎ散らかしたままリビングに突入したようだ。

なーちゃんらしいと言えばらしいのだが、アラサーがこんならしさを持っているのはかなり問題があると思う。

深いため息をひとつこぼす。

とりあえずカバンとストッキングは放置して、シワになりそうなジャケットだけ拾い上げてリビングに入る。

なにかを踏みそうになって思わず後ずさる。

見ると、リビングの入り口あたりに白のブラウスが落ちていた。

それだけではない。

スカートとブラウスも、入り口からリビングの奥に向かって点々と散らばっている。

なーちゃんが次々と衣服を脱いでソファにダイブした光景が、目に浮かぶようだ。

「最悪のヘンゼルとグレーテルか……？」

衣服をたどっていった先には、こちらに背もたれを向けたソファ。

回れ右して自室にこもろうか、という気持ちがむくりと頭をもたげる。

だが、そこは俺の責任感が上回った。

意を決してのぞきこむ。

ソファには半裸……というか普通に下着姿にキャミソールで寝転がる、なーちゃんの姿があった。

予想通りと言えば予想通りだが、頭がずっしり重くなる。

頭と背中をぐでんと座面にのせ、あぐらのように折り曲げた片膝を背もたれにあずけた姿勢は、もはやセクシーを通り越してダイナミック。ソファからはみ出た片手は器用にローテーブルの上にある缶ビールを握りしめている。

テーブルの上には、すでにプルタブが空いたストロングチューハイがコンビニの袋に包まれている。おそらく近所のコンビニで買ったこれを飲みながら帰宅し、上機嫌のまま冷蔵庫にあったビールに手を付けてそのまま寝落ちしたのだろう。

そんなアラサーを見下ろす俺の目は、それはもう冷え切っていたと思う。

「おい、叔母さん」

「んんんんん……」

しかめっ面の口から、野性味あふれる不機嫌そうな唸り声が漏れる。

もしかして、寝ているくせに叔母さん呼びが気に喰わなかったのだろうか。

「……なーちゃん」

「んがっ！　……あ〜、たっくんおかえり〜い！　いぇい〜！」

試しにいつもの呼び名を発声すると、今度は酔っぱらって赤くなった顔でにへらと笑いかけてきた。

酔って寝てる時まで呼び名を判別しないでほしい。

「なんつー格好で寝てるんだよ」

「え〜〜？　わたしはず〜っと起きてたよう〜〜」

「嘘つけ。だって俺がおばさ……いや、なんでもない」

うっかり禁句を口にしかけて、すんでのところで押しとどめる。あぶねえ。

なーちゃんは俺の失言未遂に気付かなかった様子で、空っぽになった缶をデコピンでパチン、パチンと弾いている。

「それよりさ〜、なんかおつまみが足んなくって〜〜。たっくんなんか作って〜〜」

「……はあ。適当に作ってやるから、タオルケットくらい掛けといてくれ。風邪ひくだろ」

起きて早々におつまみを所望してくるなーちゃんにため息をつき、ソファの背もたれに掛かっていたタオルケットを放り投げる。

「うへへ、ありがと〜〜。たっくんが優しい子に育ってくれてわたしはうれしいよ〜〜」

「はいはい」

買い物袋を持ってキッチンに入り、頭の中で冷蔵庫の中身と今日買ってきた食材から作れるおつまみを考える。さすがにすき焼き用の肉を酔っ払いに食わせるのは勿体ないので、こちらはいったん冷凍庫に入れておこう。とりあえず、叩いたトマトとしらすをポン酢で和えたやつでも出してうるさい口を黙らせて、その間にキノコと豚モモの酒蒸しでも作って、あとは……。

「そうそう、味濃いやつでお願いね！　それでいて酒に合ってカロリー控えめで美容にいいやつ！」

「……ったく」

さっきは愛梨澄との会話であれこれ思い悩んでしまったが、冷静になってみればこの人がそんなに思慮深いわけもないか。

頼むから誰か、早くこの人と結婚してくれ。

俺は一人で、平和に生きていくからさあ……。

第八章　世間知らずのお嬢様が一人暮らしするとヤバい

Bishojo seitokaicho no Togamisan ha kyomo ponkatsu de hotteokenai.

二学期の中間テストを控えた十月下旬のある日。

俺は生徒会室に居残って勉強をしていた。

生徒会に入ったので、さすがに赤点は回避しなければならないと思ったのだ。我ながら、割と真面目だったんだなあと感心する。

テスト期間中は生徒会活動もその他の部活動と同様、休みになっている。

だから今、この部屋を使っているのは俺だけ。

自分の家だとどうしても誘惑が多くサボりがちになってしまうし、集中してテスト勉強するには丁度いい環境だ。

他の生徒を怖がらせてしまうかもしれないので、図書室や自習室を使うのは遠慮している。

はあ、なんで俺がこんなふうに人目を避けなければいけないのか……と思うものの、そもそも勉強のやる気をなくして落ちこぼれたのは半分くらい俺の責任でもある。残りは無限に面白(おもしろ)そうな動画を流してくるＶｏｕＴｕｂｅ(ヴォウチューブ)とかＴｏｋＴｉｋ(トックティック)とか。娯楽にあふれたこの現代社会が悪い。

しばらくサボっていたせいで、すっかり勉強に使う脳味噌も鈍っている。だが、無理矢理にでも教科書や単語帳とにらめっこして、ノートに演習問題の答えを書いていれば、少しは勘も戻ってくる。

そうそう、テスト勉強ってこんな感じだったよな。

やればやるほど自分のわからない範囲が出てくるが、これは勉強が進んでいる証しだ。

勉強自体をサボっていると、自分が何を理解してないのかもわからなくなる。こうなると勉強するべき範囲が見極められず、どんどん勉強の効率は落ちていく。そのうちに新たな単元も積み重なり、ますます理解を阻む根本が見えなくなっていく。

結局、サボればサボるほど取り返すのが困難になるというわけだ。

それとは逆に、できないなりに勉強すれば、対策するべきポイントも見えてくる。

今日の勉強を通して、学校の数学で使っている問題集のレベルが高すぎて、俺に合っていないことがわかった。もともと数学は苦手教科だったが、勉強をサボったツケも大きい。

帰りに駅ビルの本屋で、ワンランク難度の低い問題集を買っていこう。

気が付けば日もすっかり暮れ、そろそろ最終下校時刻になろうかという時間だった。

「ふう、今日はこれくらいで帰るか」

誰に聞かせるでもなく独り言をつぶやき、荷物をまとめて部屋を出た。

昇降口から外に出ると、ひんやりとした空気が勉強で火照った頰を撫でた。

夕方の風がすっかり涼しくなってきた。もう秋かとしみじみとした思いになる。

駅ビルの本屋で目当ての問題集を買った頃には、すっかり腹が減っていた。

普段は割と節約志向の俺だが、高校生男子が腹の虫に逆らうというのは相当に難しい。テスト勉強より難しいかもしれない。

いったん外に出て、駅の反対側にある家系ラーメン屋に向かう。

駅ビルの中にもラーメン屋はあるが、白米には追加料金がかかる。腹の空いた高校生男子にとっては、お米食べ放題以上に魅力的なものはないのだ。

しばらく歩いていくと、人気のない暗い道の先に、コンビニの灯(あか)りが浮かび上がった。そのコンビニの角を曲がれば、目当てのラーメン屋だ。

すると、丁度コンビニから人影が現れ、俺の方に向かって歩いてきた。

「……ん?」

遠目でよくわからないが女性のようで、どこか惚(ほ)れ惚れするようなその歩き方に見覚えがあった。それにあの長い黒髪……どっかで……。

やがて俺と女性の距離は数メートルまで近づき、街灯の下に照らされたその姿を見て思わず立ち止まった。

そいつは、パーカーにスウェットのパンツというラフな恰好(かっこう)ながら、圧倒的なスタイルの良さと長い黒髪で妙に存在感を放っていた。色白の顔に通った鼻筋、切れ長の瞳(ひとみ)が完璧(かんぺき)なバランスで配置されているその顔には見覚えがある。

「……十神（とがみ）？」

向こうも俺に気付いたようで、ぎょっとしたように一歩後ずさる。

「ぐ、郡上（ぐじょう）さん⁉　なんでこんなところに……！」

「いや、俺はただそこの家系ラーメン屋に行こうとしただけなんだけど」

視線を落とすと、両手にコンビニのマークが入ったビニール袋を提（さ）げている。どうやら十神はコンビニの帰りだったらしい。

俺は頭の中で小さくため息をつき、十神に説明する。

「生徒会室で試験勉強して、帰りに本屋に寄ってたんだよ。来週は中間テストだし」

「ああ、なるほど」

「それにしても私服の十神を見たのは初めてだが、なんというか……」

「あっ！　その、あまり見ないでください！」

十神は顔を赤らめて、両腕で体を抱き寄せるようにした。確かに、よく言えばラフ、悪く言えば野暮（やぼ）ったい服装ではある。

「普段はこんな服装じゃないんです！　これはその、部屋着なので……夜にコンビニ行くだけでしたし……」

「わかったわかった、ダサいとか思ってないから安心しろ」

子どもの頃の愛梨澄だって、相当適当な服装をしていたと思うし。まあ、小学生と高校生を比べるのもアレかもしれんが。

とはいえ、普段は制服姿しか知らないクラスメイトの私服を見ると、それがどういう恰好であれ妙な気分になるものだ。

しかも十神の場合、学校でのきっちりしたイメージとのギャップもあって、やけにレアリティが高い印象を受ける。いや、俺はなにを言ってるんだか。

視線を外そうとして、思わず十神が持っているビニール袋の中身に目が向いた。

パンパンに膨れ上がった袋からは菓子パンやカップ麺、スナック菓子などのジャンク感満点のパッケージがチラリとのぞいている。

「……ちなみに、十神はなにを買ったんだ？」

「私も夕飯と言いますか、ここ数日分の食料を買いだめしたんです」

そういえば生徒会室で一緒に昼飯を食う時も、大抵は菓子パンだったな。

夜もこういう物ばっかり食べてるとすると、十神の食生活はかなり偏っているらしい。

「お前……いつもこういうの食べてるのか？」

「べ、別にいいじゃないですか！　コンビニで売ってるものにマズいものはありません！」

「そりゃマズいものは滅多に売ってないだろうが、そればっかりだと体壊すだろ」

「コンビニだけじゃなく外食もしますよ？　近所の次郎インスパイア系のラーメン屋とか、これから郡上さんが行くという家系ラーメンのお店にも」

「心配の種が増えただけだよ！　栄養バランスが崩壊してる！」

「問題ありません。カロリーなら十分です！」

「カロリー以外のすべてが十分じゃない」

「栄養ならサプリを飲んでいますから、ご心配なく」

なぜか勝ち誇った様子で十神が宣言する。

高校生のうちから栄養補給をサプリに頼っているとか、ご心配するべき要素でしかないんだが。本人にその自覚はまったくないようだ。

「まあ、十神がそれでいいならいいけど……」

そこまで会話したところで、俺は違和感に気付く。

……十神の家族はどうしているんだ？

俺自身が叔母との二人暮らしという特殊な環境だから気付かなかったが、よくよく考えれば女子高校生が自分の夕飯を数日分、コンビニで買いだめするなんて妙だ。

そういえば俺が十神の秘密を知った日も、帰りが遅くなっても家族は心配しないとか言ってた気がする。そうなるとよっぽど家族仲が悪いのか、あるいは……。

「十神の家って、家族は？」

逡巡（しゅんじゅん）の後、俺は思い切って訊（き）いてみる。俺の家だって両親がいないんだからいいだろう、というやけっぱちな気持ちもないではなかった。こんな言い訳を心の内でする自分のことは、卑怯だと思う。

一瞬、十神の目が細くなり、ワンテンポの間が空いた。

それから十神はあまりにも平然と、単なる事実を報告するだけといったふうに答える。

「両親とは別居中です。私、そこのマンションで一人暮らしをしていますから」

「…………」

予想はしていた言葉だった。だが、いざこうして伝えられると、なんて返したらいいのかわからない。

慰めるべきだろうか、それとも気にしないフリをするべきだろうか。

そもそも俺たちの関係は、友達とか恋人とかそういうものではない。十神が生徒会長としての職務を全うするのを、俺が助けるというだけの関係。そんな間柄で、込み入った家庭の事情に踏み入ってもいいものだろうか。

俺が言葉に困っているのを見て、十神はふっと小さく笑う。

「別に、郡上さんが気にすることはありません。私の家の事情ですし」

「それはまあ、そうだ」

「ああ、でも学校ではそのことを隠しているので、他言無用でお願いします。高校生で一人暮らしをしていることがクラスメイトに知られると、なにかと心配をかけてしまいますから」

「わかった」

確かに、わざわざ触れ回るようなことではない。俺が叔母との二人暮らしなことだって、高校で知っているのは愛梨澄と担任の先生くらいだ。十神の状況を知っているのも教職員くらいだろう。

「それじゃあ、私はこれで」

「ああ……」

去っていく十神の背中がだんだん小さくなっていく。

普段は堂々としているはずのその姿が、今日はやけに小さく、頼りなく見えた。

十神はまだ、十六歳の女子高校生だ。

その当たり前の事実が、急に実感を伴って胸をついた。このまま十神を帰すわけにはいかないと思った。

なにを言うべきかもわからないまま、その背中に声をかける。

「なあ、十神！」

「なんですか？」

振り向いた十神の顔を、街灯の白っぽい光がぼんやりと照らす。

十神はたぶん、自分みたいな境遇にいるのは自分だけだと思っている。だから何も気にしてないように振る舞うのだ。どうせ理解できないんだからと諦（あきら）めている。

唇を舌で舐め、十神に伝わる言葉を探す。

「俺の家にも、親はいないんだ」

「えっ?」

十神の目が丸く見開かれ、視線が揺れる。

いきなりこんなこと言われて、驚かないわけないだろう。

でも、俺は十神に伝えないわけにはいかなかった。このまま帰すことができなかった。

「母さんは子どもの頃に死んで、父さんは海外に単身赴任中。だから叔母さんと二人暮らしをしてる。俺の方も別に隠してるわけじゃないけど、ウチの生徒だと愛梨澄以外は知らないと思う。話すような間柄の友達もいないしな」

まくしたてるように、家庭のことを打ち明けた。

こんな言い方が正しかったのかもわからないが、そこまで考える余裕がなかった。

まだ困惑した表情の十神が、ゆっくりと口を開く。

「なぜそれを、私に?」

「一方的に家庭環境を知っちゃうのって、なんか気持ち悪いだろ」

「……ありがとうございます。郡上さんは優しいですね」

十神はふっと表情を緩めて、小さく頭を下げた。

「それじゃ、また学校で」

「ああ」

それから十神は振り返らず、コンビニの前の道を歩いて行った。

◆

翌日の昼休み。いつものように弁当を持って生徒会室に行くと、十神が長机に上半身をのせてぐったりとしていた。右手には菓子パンの袋が握られているが、食欲がないのかほとんど減っていない。

「……おっす」

「ああ、郡上さんですか……」

のろのろとこちらを振り返る十神。

その表情からは生気が失われ、口から深いため息が漏れる。

「なにかあったのか？」

「再来週……家庭科の調理実習があるんです……」

まさか昨日の話に関連したことかと不安になったが、そうではないらしい。

中間テストの翌日に家庭科の調理実習があるが、十神はまったく料理ができないので気が重いのだという。

そういえばウチのクラスでもそんな話が出ていたと思い出す。

家庭科は筆記と実習の総合で評点を付けるから、中間の筆記テストとだいたい同じ時期に調理実習をやるとかなんとか。

今回のメニューはスタンダードにカレーだったはずだ。

昨日コンビニで買っていたものや会話から察するに、十神はほとんど自炊してないはず。

調理実習はこいつにとって鬼門だろう。

「はあ……マズいです。このままでは料理ができないことがバレてしまいます……」

「仕方ないんじゃないか？　ほら、漫画に出てくるお嬢様にありがちだろ？　家にシェフがいるから料理できないって設定」

「確かに実家には専属のシェフがいましたが……」

「マジかよ」

半分くらい冗談だったのに。人間の想像力って大したことねえなあ。

「このままでは私の生徒会長としてのキャリアは終わりです……生活力のせの字もないダメ人間だということが露呈し、『やっぱり金持ちの子って料理とかしないんだ』『家に料理人とかいるのかな』『魚が切り身のまま泳いでると思ってそう』とか言われるんです……ところどころ合ってるから言い返せないですし……」

「それ、言われたことあるのか？」

「うう、小学校のトラウマが……」

あるらしかった。

再び机に突っ伏して、髪が乱れるのも気にしないでずりずりと滑る十神。一見するとホラー映画っぽいのでやめてほしい。

凹(へこ)んでいる様子の十神を励ますつもりで、俺は声をかける。

「でもまあ、別に料理ぐらいできなくてもいいんじゃないか？　家で料理しないってやつは、他にもいるだろうし」

「郡上さんは私の無能さを知らないから言うんです……」

「無能て」

「私にできる料理なんて、コンビニで弁当を買ってくるとか、ラーメン屋のコールを流暢にするとか、コンビニ弁当を電子レンジで温(あたた)めるとか、電気ポットでインスタントラーメンを作るくらいです」

「めちゃくちゃ甘く見ても前半は料理関係ない気がするが……」

本当なら後半も料理関係なしと判定したいくらいだが、それは酷かもしれない。

俺の言葉を聞き、十神は突っ伏したまま力なく笑う。

「ふふふ、わかっています。調理実習でやる作業はこの程度じゃないことくらい……包丁でなにかを切ったり火でなにかを焼いたりするのでしょう」

あまりにも料理のイメージがぼんやりしすぎているな、こいつ。

「なにかじゃなくて普通に野菜と肉だろ。それ以外を切ったり焼いたりすることあるか？」

「はあ。郡上さんはいいですよね。ご自身で夕飯もお弁当も作れるくらい料理が上手なんですから……私たちのような料理できない勢の気持ちなんて……ん？」

そこまで言いかけて、がばっと身を起こした。

食べかけの弁当をじっと見て、それから俺の顔に視線を移す。

「郡上さん、料理がとてもお上手ですよね」

「上手かどうかは知らんが、まあ普通にできる」

「でっ、でしたらその……私に料理を、教えてくれませんか!?」

「……は？」

◆

その日の放課後。

俺と十神は昨日鉢合わせたコンビニの前で集合し、近所のスーパーに向かった。

十神にカレー作りを教えるため、まずは食材を調達するのだ。

「郡上さん、カレーの食材は植物と動物ですよね？」

「野菜と肉と言ってくれ。なんか怖いから」

あと大抵の食材は植物と動物だろうが。

例外はキノコ類と調味料くらいだろう。

「あ、バナナが売っています」

「カレーを作るんだぞ？」

「隠し味にどうかなと」

「基本も知らないのに隠し味を考えるなよ。カレーと聞いてまずなにを連想するか考えて、そっから買うものを考えればいいんだ」

「なるほど。ならカレーの辛みを出すためにトウガラシ……とか？」

「味の方はカレールーがなんとかしてくれるんだよ」

スパイスから買うのは上級者すぎる。俺も一時期スパイスカレーに凝ってみようと思った時期はあったが、結局飽きて香辛料の大半が戸棚の奥に眠っている。スパイスに消費期限ってあるんだろうか。

「じゃあ色ですかね……土？」

「料理に土を使おうとするな！　一部の文化では土を食べるって聞いたことはあるけど！　色もルーだから任せておけ」

「ご、ご飯……？」

「カレーの具と言っていいのか微妙すぎるが、部分点をあげたくなるな」

ここまでの回答が散々すぎるせいだろうか。ここで二点くらいあげないとゼロ点のまま終わってしまいそうだ。

十神は普段、ほとんどスーパーに入らないのだろう。落ち着きもなく周囲を見回し、およそカレーには入れないような食材に興味を示している。

小さな子どもを連れた親って、こんな気分なんだろうな……。

高校の同級生女子、それも生徒会長さんに親心を持ってしまうのはいかがなものか。

その後も十神がなぜか砂肝(すなぎも)やサケの切り身をカゴに入れたがったので、俺はすんでのところで押しとどめた。

最終的にジャガイモ、ニンジン、玉ねぎ、豚肩ロース、カレールーといった至極一般的な材料を買い、十神宅に向かった。

「そういえば私、皮がついた玉ねぎを見たのって数年ぶりな気がします」

恐ろしい言葉が聞こえてきた気がするが、いったんスルー。いちいちツッコんでいたら追いつかないからな。

十神が住んでいるのは、駅から数分の高層マンションだった。

このあたりはベッドタウン特有の微妙なわびしさが漂う駅周辺と違い、閑静な住宅街といった雰囲気だ。

　その中でも築浅のこのマンションは、ひときわシックな高級感を放っている。

　エントランスのオートロックを解除し、十神が俺を先導していく。中には教室くらいの広さの共用スペースがあり、座り心地のよさそうなソファやローテーブル、隅っこに観葉植物なんかが置かれている。廊下の窓ガラスの向こうには、吹き抜けの中庭まであった。すげえな、ホテルのロビーみたいだ。

　通路を歩いた突き当たりにはエレベーターが二基あった。うちのマンションはエレベーターすらないんだけど。

　エレベーターに乗り込む際に十神がぼそっと、

「前にも言いましたが、両親ならいませんのでお気遣いなく」

　と言った。

「お、おう」

　つい動揺して、返事がぎこちなくなる。くそ、今までそのことには意識を向けないようにしていたのに。

　男子高校生はそっちの方がお気遣いするだろう。俺は小学生の頃に、何度か愛梨澄の家に行ったことがあるので、女子の部屋に上がるのが初めてというわけではない。それでも緊張はしてしまう。

まあ、ここまで来た時点でなにを気にしたところで手遅れだ。

もうどうにでもなれという気分で、黙ったまま階数表示が進んでいくのを見つめる。

十神の家は最上階の角部屋だった。さすがはお嬢様というべきか。

二重ロックになっている扉を開け、玄関に通される。

「こちらです。どうぞ」

「おじゃまします」

若干の緊張を覚えつつ、我が家の二倍は広い玄関に通される。玄関がこんなに広い必然性がわからない。

靴を脱いで廊下に上がる。

リビングまでつながっているらしい廊下は、途中で右に一つ、左に二つの扉が見える。廊下の長さもまた、俺の家の二倍はある。

外見から想像してはいたが、ここはファミリー用のマンションなのだろう。

それなのに親がいないというのは……まあ、考えたところで仕方ない。

リビングに通された俺は、その惨状に目を覆った。

あちこちにレジ袋が散乱しており、その中にはカップ麵やコンビニ弁当のゴミ、ペットボトルが雑然と詰めこまれている。リビングに家具以外のものが少ないので、足の踏み場があるのは幸いだったが。

十神の生活力のなさが如実に表れている。

「……マジでカップ麺とコンビニ弁当しか食ってねえのかよ」

「たまには冷凍食品も食べます」

「なんで不満げな感じで言い返せるんだよ」

自分がげんなりとした表情になっているのがわかる。

キッチンをのぞくと、シンクの下には洗われるのを待っているペットボトルが二列ほど連なっていた。

中身をすすぐのが面倒になる気持ちはよくわかる。だが、さすがにこれは生活に支障が出るだろう。

いや、キッチンを使わないなら関係ないのか？

「ああ、ペットボトルが多くてすみません。まだペットボトルをいつ捨てればいいのかよくわかってなくて」

「確かに引っ越して最初のうちはごみ捨ての日を忘れがちだけど……十神っていつからここに住んでるんだっけ？」

「入学の少し前なので、今年の三月です」

「半年経ってるじゃねえか！」

「今は落ち着きましたけど、夏は大変でした……。暑いとペットボトルがすぐ膨らむので怖いんです」

夏場、この家がどうなっていたのかあまり想像したくない。ファ○リーズとかで応急処置してたんだろうか。

「でもご安心ください。可燃ごみが毎週月曜日と木曜日、プラスチックごみが火曜日だという法則には気付いたので」

「自力で見つけ出したのか⁉」

月の満ち欠けや季節に気付いた古代の人みたいなことを言い出した。

もしかして逆にすごいのか？　と混乱する。

「ですが残念なことに、ペットボトルはランダムのようでして」

「そんなわけあるか！　普通は月二回くらい、決まった週と曜日に出すんだよ！」

「え、そうなんですか⁉　てっきり私、運よくペットボトルがたくさん捨てられてるのに気付いたら出せるものなのかと思っていました」

「ごみ捨てを運ゲーだと捉(とら)えてたのかよ」

間違いなく、実家ではゴミ出しをした経験なんてないのだろう。

よく『世間知らずのお嬢様』なんて言葉を聞くが、それにかわいげがあるのはお世話してくれる人がいるからなのだと気付いた。

世間知らずのまま一人暮らしを始めるとこうなるんだなあ、と十神を見て思う。

それにしたって多少は実家のサポートがあってもよさそうなものだが、この様子を見るにまったくなにもなしで放り出されたのだろう。あるいは、自分から飛び出してきたか。

まあ、そんなことはどうでもいい。まずは料理ができる環境を整えなくては。

「料理の前に、ちょっと掃除するか」

「でも、さすがにそれは申し訳ないというか」

「掃除しないと料理できないんだよ」

申し訳ないという感情があるのなら、この家に人間を招いたこと自体を反省してほしいところではある。だが、そこをあげつらっても仕方ない。

「キッチン周りは片付けてからの方が料理しやすいからな。十神は俺がここを掃除してる間に、自治体のサイトでゴミ出しの曜日を調べてスマホにメモってくれ」

「え？　いえ、私も片付けを……」

「ごみを出すのは十神なんだから、曜日を調べるのが先だ。せっかくまとめても家の中に放置されてたら意味ないだろ」

そう言って十神を納得させ、俺はキッチンの原状復帰に取り掛かる。

まずは買ってきたものを冷蔵庫に入れて避難させる。それから、ペットボトルやシンク内にたまったごみを始末することにした。

勝手に女子の家の食品ごみを触るのは抵抗があるのだが、背に腹はかえられない。こっちとしても変な気持ちはまったく湧かず、清掃業者になった気分で作業する。

ペットボトルは中を軽くすすいでラベルをはがし、キャップと本体を分けてごみ袋に入れていく。スマホで軽く調べたところ、俺の住んでる市よりは分別が緩いようでホッとする。

カップ麵の容器も軽く洗って重ねて捨てる。

幸いにも生ごみは多くなかったが、一応という感じで置いてあったスポンジと洗剤でシンクを拭き、三角コーナーも中身を捨てて洗う。最後に排水溝のネットも取り替えておいた。

十数分ほどで、随分とキッチン周りは片付いた。

「よし、こんなものか」

「掃除までやってくださって、本当にありがとうございます。郡上さん」

「気にしなくていい……いや、ちょっとは気にした方がいいな」

「うう、すみません……」

十神は申し訳なさそうに肩を縮める。

「うちのキッチン、こんなに広かったんですね」

「ごみがたまってると狭く見えるからな」

入居時とさして変わらない状況のキッチンを目にして、先ほどまでの状態が異常だったと気付いたらしい。

「今さらなんだが、この家って調理器具とかあるのか?」

さすがに料理した形跡がなさすぎて、不安になってくる。

「確か収納スペースの奥にあった気がします」

「住人がうろ覚えだと怖いんだが」

探してみると、まな板や包丁、鍋などの調理器具はすぐに見つかった。いずれも使われた形跡がなく、うっすら埃（ほこり）を被っていた。

包丁の柄にホコリがたまることってあるんだ……。

そんなこんなで、ようやく俺による十神への料理教室が始まった。

「じゃ、始めるか」

「はい！　よろしくお願いします！」

「返事はよろしい」

ビシッと敬礼を返す十神は、調理実習らしく制服の上にエプロンと三角巾を着けている。俺もおそろいの物を着せられている。俺が家で料理をする時はわざわざエプロンを着けたりしないが、今日くらいは雰囲気を出してもいいだろう。

十神は料理をしないようだが、入居時に調理器具も含め、一通りそれっぽい物だけは購入したらしい。

視線で言いたいことがわかったのか、十神は恥ずかしそうにエプロンのひもを触る。

「い、いつかは私も料理をするつもりだったんです！　今はまだ、その時じゃなかっただけですから！」

「そういうことにしておいてやる」

半年経っても料理してないやつは、今後もしない可能性が高いけどな。

まずはカレーに必要不可欠な白飯の準備から。

「炊飯器はあるんだよな？」

「はい、こちらに」

見ると、シックな黒が基調になっている重厚な作りの炊飯器だった。ボタンじゃなくてタッチパネル式で、たぶん我が家にあるものより数倍は値が張るのだろう。

「半年前に買ったとは思えない綺麗さだな……」

「ええ、ちゃんとしまっておいたので！」

「褒めてるわけじゃない」

俺は二キロの無洗米の袋をカウンターに置いた。

「まずは米を二合ほど炊こうと思うんだが、計量カップが見当たらないな」

「計量カップ……ああ、米専用のビーカーみたいなやつですか」

「大体合ってるんだがたとえが嫌だな」

計量カップは探しても見つからなかった。炊飯器があるのに計量カップはないあたり、まったく自炊してないのがよくわかる。デジタルはかかりがあったので、米一合を百五十グラムと換算して二合分を取り分ける。

新品同然の炊飯器に、米と水を入れる。カレーの調理にどれくらい時間がかかるのかわからないが、炒め始めた頃合いを見て炊飯ボタンを押せばいいだろう。

「よし。次は包丁の持ち方からだな。とりあえず自然な感じで持ってくれ」

「こうですか？」

すると、十神は殺意を感じる持ち方で包丁を握りしめた。

「おいバカ、包丁を逆手に持つな‼」

「こちらの方が刺しやすいかと思ったのですが……？」

「包丁は刺すためにあるんじゃない、切るためにあるんだよ！」

刺した場合は高確率でニュースになってしまう。

十神に包丁を持たせても「女子高校生、同級生の男子高校生を包丁で刺す」というニュースにならないと安心できるところまで教え、ようやく野菜を切る段階に入る。

「猫の手って知ってるか？」

「そういう専門用語があることは教養として知っています」

「教養だという認識はなかったけどな。まずはこうやって指先で野菜を押さえて、そこから少し関節を曲げて切り口側に傾けるイメージだ。ああ、グーみたいに握っちゃうと食材を固定しづらくなるから、気持ち開く感じで」

「こ、こう、でしょうか……？　意外と難しいですね」

「そうだな。料理の基本みたいな顔してるけど、俺も割と苦手だ」

俺は手が大きいので、小さな食材を猫の手で押さえるのが難しい。正直、面倒なので指先で押さえてしまうこともある。

「コツとかないんですか？」

「そうだな……猫の気持ちになりきって鳴き真似（まね）をしてみるといいかもしれん」

「にゃ、にゃあ……？　あの郡上さん、これにどんな意味があるんですか？」

もちろん鳴き真似をしたところで猫の手に意味はない。

場を和ませようとして言った冗談なのだが、十神は真剣に受け取ってしまったらしい。

「……悪い、今のは冗談だ」

「なっ！　じゃ、じゃあ私は鳴き損じゃないですか！」

鳴き損って言葉、初めて聞いたな。

十神は羞恥に染まった顔を向けてくる。エプロン姿の相乗効果で、なんというか、破壊力抜群だ。

思わず変な気持ちになりそうな自分に気付き、「あの台所の惨状を思い出せ！」と言い聞かせて視線を逸（そ）らす。その先に小山のように積み重なったごみ袋が見えて、思わず苦笑した。

まあ、冗談も言ってみるものだな、と思ったくらいは許してほしい。

……それから二時間。

「玉ねぎは最初に上下を切り落としておくと切るのが楽になるぞ」『ニンジンの切り方に芸術性を発揮しなくていい』『油は入れれば入れるだけ美味しくなる調味料じゃない。……ラーメンの背脂は別物だから。マシにするな』『まだ豚肉が赤いな。特に鶏肉と豚肉はしっかり火を通した方がいいんだ』『強火短時間＝弱火長時間だと思うのはやめろ！　うわあ火が！」

最初こそぎこちなかったが、十神は呑み込みが早かった。

数々の苦難を乗り越え、通常より時間はかかったが最後の煮込み行程に入った。

「ふう、あとはルーが馴染むまでしばらく煮込んでいればいい」

「そうですか……疲れました」

十神は普段使わない脳の領域を使ったからか、どっと疲弊していた。

しばらく付き合っていてわかったが、十神は料理のように同時並行であれこれこなすのが苦手なタイプらしい。勉強ならできるが家事などは苦手、というのもうなずける。

俺もようやくひと息つき、コップの水で喉を潤した。大声を張り上げて注意しまくっていたせいか、いつの間にか喉が渇いていた。

「鍋なら俺が見ておくから、十神は洗い物を……いや、いい。洗い物は後で俺が教える」

「今の言い直しの間、諦められた感じがしてなんだか悲しいのですが……。一人で皿洗いすらさせられないのでしょうか……」

「悪かった悪かった。じゃあ、手を洗って皿を準備してくれ」

「ふむ、わかりました」

まだ乾いた手の方が皿を割るリスクが低いという判断だ。鍋を十神ひとりに任せるのもちょっと怖い。

キッチンの作業スペースに皿を準備し終えた十神が、俺の横に立って鍋を見つめる。今食べても美味しいとは思うが、まだちょっとトロみが足りない。

「今日はありがとうございました、郡上さん。私ひとりだったら一生カレーを作ることができませんでした」

冗談だと笑い飛ばせないのが少し怖い。カレーを作り上げる前に何回か大事故を起こしてもおかしくないからな。

「気が早いぞ。味もまだわからないし」

「ふふっ、そうでしたね」

十神が口元に手を当ててくすっと笑った。

ようやく緊張から解き放たれたと言わんばかりにうーん、と伸びをする。それから首をかしげて、俺の顔を見上げる。

「郡上さんはどうやって料理を身に付けたんですか？」

「基本は母さんかな。まだ小さい頃、学校であったことを台所で料理してる母さんに話す習慣があってさ。そのついでに、よく一緒に料理をしてたんだ」

「そうですか……うらやましいですね」

「十神？」

すぐには返事がない。

フツフツとカレーが煮える音と、換気扇の回る低い音だけがキッチンに広がる。無理に先を促すのも悪い気がして、意味もなく指先でキッチンカウンターの天板をなぞった。石造りの表面から、無機物の冷たさが伝わってくる。

沈黙は何分にも感じられたが、実際は数十秒程度だっただろう。

ふと、十神がどこか遠い目をしてぽつりぽつりと話しだした。

「さっきも言いましたが私、一人暮らしをしているんです」

「らしいな。実家が遠いとか？」

「いいえ。実家も県内ですし、通学自体に支障はありませんでした。ただ、私が無理を言って家を出たんです」

「反対とか、されなかったのか」

「それがまったく。驚きですよね。普通の親なら十五歳の娘が一人暮らしをしたいと言い出したら反対するだろうなって、私でもわかりますよ」

十神は口元に皮肉な笑みを浮かべ、突き放したような口ぶりで言う。

普段のパニックで卑屈になっている十神とは違う。どこか自嘲めいた姿に、俺はなにも言えなくなる。

「冷たいと思いますか?」

「まあ、そうだな」

はぐらかす意味もないだろう。

「普通の感覚で言えば、そうなのでしょうね。ですが十神の家は普通ではありません。噂くらいは聞いたことがあるでしょう?」

「親が会社の社長だって話なら」

「そうですね。正確に言えば、オフィス用機器や家電のメーカーの創業家です。傘下には子会社や関連団体もいくつかあって、これらのグループ企業の株式も大半は十神家が所有しています。俗にオーナー企業などと呼ばれるものですね」

「よくわからんが、とにかく十神の家がすげえってのはわかった」

俺なんかとは住んでいる次元が違う。ただ会社の社長ってだけでもすごいのに、子会社とか関連団体とか言われたら手に負えない。

「じゃあ、十神も将来的にはそういう会社の社長になるのか?」

「家の中でも優秀な人間は、経営に直接携わります。そうでなければ、少なくとも実質的なポジションを与えられることはありません。飼い殺しですね」

「飼い殺しってまた、身も蓋もないな」

「事実ですから。それで……」

「……十神？」

そこまで温度を感じさせない口調で淡々と話していた十神が、言葉に詰まった。

小さく息を吐いて首を振り、十神が先を続ける。

「私は子どもの頃から、後者としての扱いを受けてきました」

「…………」

すべての感情を押し殺した機械的な声色に、反応できない。

俺が言葉に窮しているのを察知してか、十神は砕けた口調で続ける。

「仕方ないことなんですよ。私には兄が二人と姉が一人いて、その全員が私よりもはるかに優秀です。それに対して、年の離れた末っ子の私は圧倒的にどんくさい子どもでした。勉強は苦手だったし、運動神経も悪く、習い事のピアノやバイオリンも下手で……。小学校の中学年になった頃には、自分にはなんの期待もかけられていないって理解しました。子どもでもわかるんですよね、『こいつはダメだ』って周囲の目が」

昔を思い出すかのように、遠い目をする十神。

「今の十神は、文武両道の優等生だろ」

少なくとも、周囲にはそう認知されている。

俺のフォローにも、十神は力なく微笑んで首を振る。

「それなりに努力しましたから。それでもやっぱり、兄や姉には全然敵わないんですよ」

どうやら十神の兄や姉は、相当な超人らしい。

「親は、なんて言ってるんだ？」

「中学生の頃、進路について相談しようとしたんです。そしたら使用人を通して、『お前は好きに生きろ』って言われちゃいました」

使用人という言葉がさらっと出てきてビビったが、引っ掛かるべきはそこじゃない。

親が子どもの進路相談に、直接会話する時間すら設けなかった。

ここでの「好きに生きろ」という言葉は、要するに「どうでもいい」と同義だ。

「好きに生きろって、それがどれだけ恐ろしい言葉なのか知ってるんでしょうか」

十神の手が、カウンターの端でぎゅっと握られる。

関節が白く浮き出て、痛々しく思えて目を逸らす。

「私は、なんの役割も持たずに生きることが怖い」

ぽつりとこぼれ出た言葉が、本心だったのだろう。

「誰にも必要とされていないって、すごく怖いことだと思いませんか？」

「そう、かもな」

正直、俺にはまだ理解できない感覚だ。

なんせウチには、俺がいなきゃまともな生活すら営めないダメ人間が一人いる。そういう意味では、自分の存在意義的なものは持っているのかもしれない。

「私は、実家に認められたいんです。だから流されて入った中高一貫の女子校を出て、県内トップの麗秀を受験しました。家を出て、使用人も持たず一人暮らしを始めました。単身者向けマンションに娘を住まわせるのは体裁が悪いとかで、無駄に広いファミリー向けマンションをあてがわれましたけど。ふふっ、おかしいですよね。娘の進路には微塵も興味を持たないのに、そんな部分だけ気に掛けるなんて」

「金持ちの家ってどこもそうなのか？」

「そういうわけではありませんよ。十神の家が少し、実力主義なだけです」

「良いように言ったな」

「そうですね。あんな場所でも、私の育った家ですから」

色々と吐き出してすっきりしたのか、小さく微笑(ほほえ)んだ十神がきっぱりと言った。

「生徒会長になったのも、自分の価値を証明するためです。だから私は、生徒会長としての務めを果たさなきゃいけないんです」

「なるほど、な」

体育倉庫で十神と契約を交わしたあの日。

十神は「正しい生徒会長にならないと」と口にしていた。

自分を見限った親に対して、存在価値を証明する。その気持ちが、十神の行動原理になっているのだろう。

眩しいな、と思う。それと同時に、どうしても現実的な問題が引っ掛かる。

一度娘のことを見限った親が、果たして生徒会長を立派に務め上げたくらいで見直すものだろうか?

良い大学に入って社会人としてのキャリアを積むとかならまだしも、高校生活でなにかしたところで、大きく評価が変わるとは考えにくい。

俺が黙っていると、疑問を察したのか十神が苦笑する。

「自分でもわかってはいるんです。生徒会長を頑張ったところで、親が私を見直す可能性は低いだろうって。それでも、諦めたくないじゃないですか。無意味だからって切り捨てたくないじゃないですか。それにもしかしたら、今こうやって足掻いていることがいつか、私にとっての意味になるのかもって思うんです」

「十神……」

それは前に、体育倉庫で聞いた言葉とも重なった。

すると、湿っぽい空気に気付いたらしい十神が、急に焦ったような表情を浮かべる。

「あ、あのっ、すみません！ 急にこんな話をしてしまって……」

「別に気にするな。それに、今日カレー作りに付き合ってよかったと思ったよ」

「え？ どういうことですか？」

「勉強や人望とかも大事なのかもしれないけど、料理だって作れるに越したことはないだろ。少なくとも、料理できないし俺が教えようと思っても逃げ続けてるウチの叔母さんよりは、今の十神の方が偉い」

俺の言葉が予想外だったのか、十神はキョトンと目を丸くした。

それからややあって、こらえきれずに吹き出した。

「ふふっ、そうかもしれません」

その時丁度、セットしておいたタイマーの音が鳴った。

タイマーを止めて火を落とし、十神に向き直る。

「これで完成ですか？」

「ああ。十神は皿に炊飯器の米を盛って、こっちまで運んでくれ」

「はい！」

先ほどまでとは打って変わり、少し弾んだ声音の十神。

炊飯器までいそいそとカレー用の皿を持っていく後ろ姿を見て、俺はほっと息をついた。

リビングのテーブルに、カレー皿とスプーンがそれぞれ二つずつ並んでいる。カレーと白飯からはもうもうと湯気が立ち上り、スパイシーな香りが食欲をそそる。

「じゃあ、いただきます」

「はい！　いただきます」

俺たちは手を合わせ、カレーを食べ始めた。

スプーンを白飯とカレーの境目に差し込み、肉と玉ねぎが入るようにすくう。ルーが唇につかないように、大きめに口を開けて放り込む。

「……ん！」

口を閉じたままの十神が変な声を出し、しばらく口をもぐもぐする。こくん、と小さく喉を上下させた十神が、目を輝かせた。

「……美味しいです、すごく!!」

「だろ。自分で作った料理って美味いんだ」

「確かにこれは、コンビニのお弁当にも引けを取らないかもしれませんね。二時間ほどかかるのは難点ですが」

「それは手際の問題もあるけどな。慣れれば三十分もあればカレーくらい作れるし、具材を細切りにして煮込みを短縮すれば二十分も切れる。正直、家で食べるカレーならそんなもんで十分だ」

「なるほど、勉強になります。ですが、お米を炊くのにどうしても時間がかかってしまうのでは？」

「あらかじめ米を炊いて小分けで冷凍しておけば、カレーを作るだけでいいだろ？　それに、カレーは作り置きもできるぞ。俺は一度に二日分くらい作ってるし」

「確かに!!　郡上さん、もしかして天才なのですか!?」

「先人たちの知恵だ」

世のお母さんお父さん、そして料理研究家たちが少しでも時短しようと頑張ってくれたおかげである。

今度十神に、オススメの冷凍保存容器でも教えてやるとしよう。

結局、俺はカレーを二杯食べた。その後は皿や鍋の洗い方をレクチャーして、十神家を後にした。


そして中間テストの翌日、つまり十神のクラスで調理実習のあった日。

放課後に生徒会室へ行くと、十神が妙な表情で考え込んでいた。

「おっす」

「ああ、郡上さんでしたか。中間テスト、お疲れ様です」

「十神もお疲れ……浮かない顔だけど、テストでミスったのか？」

「いえ、テストの方は問題なかったのですが、今日は調理実習がありまして」

声をかけると、十神は複雑そうな面持ちで答える。

「はあ……消化不良です……」

「なにがあった？」

「私が包丁を持とうとすると、班の皆さんに『十神さんに危ないことさせられないから！』と言って取り上げられてしまいました。炒めや煮込みをやろうとしても『火傷したらダメ！』と制止され、皿洗いも『割って指を怪我したらどうするの！』と阻まれてしまい……」

「なんでそんなことに？」

「そういえば前にクラスメイトの皆さんの前で、『十神の家には専属料理人がいる』と口走ってしまったことがありまして。そのせいで、どうせ私は料理できないだろうと思われていたみたいですね……あはは……」

なるほど。言われてみれば、お嬢様に料理ができるイメージって最初からないもんな。味にはうるさいイメージだけど……いや、十神を見る限りそういうわけでもないのか。コンビニ弁当とカップ麺で十分なタイプだもんな。

「まあ、ボロが出なかったんならいいんじゃないか？」

「そうと言えばそうなのですが、あの後の猛特訓が意味をなくしたと考えると……。あれから一週間毎日、夢に出るほどカレーを作り続けたのに……炒める時にジャガイモの芽を包丁の角で取るのも上手(うま)くなったのに……はあ……」

どうやらあの日以降も、十神は自主練としてカレーを作り続けたらしい。

「一週間って、さすがに飽きないか？」

「いえ、同じルーのはずなんですけど、なぜか毎回味が変わるので飽きはこなかったですね」

「食える味でよかったよ」

どういう作り方をしたら市販のルーで味が毎回変わるのか聞きたいところだ。

なにはともあれ、一週間もカレーを作り続けるとは、やはり十神は努力の量がすごい。

だからこそ、今だって文武両道の優等生を演じてられるのだろう。

練習した成果を発揮できなかったことが不満なのか、釈然としない表情の十神だった。

第九章　あの日掲げた、理想の生徒会長に（前編）

中間テストをなんとか乗り切り、生徒会活動も通常運転に戻った十一月の上旬。

俺、十神、鳳来先輩の三人は、生徒から「裏山」と呼ばれている場所に来ていた。愛梨澄は用事があるとのことで今日は欠席だ。

裏山なんていう名前だが実際は高校の敷地内だし、せいぜい小高い丘という程度。生い茂る木々が敷地外にも広がっているせいで錯覚するが、敷地を区切るフェンスまでなら大した面積じゃない。

そんな裏山の端。敷地を隔てるフェンスに隣接した場所に、その古い木造校舎はあった。

「ここが旧部室棟ですか？」

「そうだ。文化部の中でも小規模な団体の部室が多い」

俺の問いに鳳来先輩がうなずき、ぐるりと校舎を見回す。

旧部室棟は、木造二階建ての建物だった。表面を塗装した白いペンキはところどころ剝げていて、三角形のポーチの少し洋風な意匠が歴史を感じさせる。

話を聞くと、建てられたのは半世紀以上前。昔は宿直で学校に泊まり込む教職員用の宿泊施設だったらしい。数十年前には宿直制度もなくなって、部室棟として使われるようになったそうだ。

「新部室棟とはずいぶん違いますね」

「ああ。毎回外に出ないといけないから、用のない生徒はほとんど寄り付かない」

小麗秀高校の新部室棟は本校舎のすぐ裏手にある。小さめの校舎と言っても差し支えない、小綺麗な三階建ての建物だ。本校舎からは連絡通路でつながっているから、わざわざ靴を履き替える必要もない。

一方で裏山にあるこの旧部室棟には、本校舎から昇降口で靴を履き替えて数分歩かなくてはたどり着けない。雨が降っていたら傘も必要だ。

鳳来先輩は苦笑する。

「まあ、仕方ないことだ。わが校には相当な数の部活と同好会があるからな。吹奏楽部に軽音部、茶道部、合唱部、放送部、理科部、囲碁将棋部、箏曲部、壁新聞部に文芸部。まだたくさんあるぞ」

「演劇部、書道部、美術部、漫画部、家庭部、パソコン部、写真部、映画部、天文部、eスポーツ部、ボランティアクラブ、英会話クラブ、落語研究会、主要なものはこれくらいでしょうか。他にも大小の同好会が多数あります」

指折り数えている鳳来先輩のあとを、十神が引き継ぐ。

「さすがに多すぎじゃないか？」

「課外活動は生徒の自主性を育むということで、理事会からも奨励されているのです。兼部している方も多いようで」

俺の疑問に十神が答える。

部活に入る気がないので知らなかったが、麗秀高校は部活が盛んらしい。

「そう。だから今回みたいな問題もたまに起きるというわけだな。……まあ、私も一年間生徒会役員をやっていて、一度も名前を聞いたことがなかったというのは驚きだが」

ポーチから土足のまま旧部室棟に入る鳳来先輩。内履きに替える必要はないらしいが、校舎に靴のまま入るのはどこか背徳感がある。

俺たちもぞろぞろと続く。建物内にはヒンヤリした空気が漂っており、どこかから生徒たちの話し声や笑い声が聞こえてくる。

階段を上り、二階の突き当たりにある部屋にたどり着いた。

すりガラスの窓は厚いカーテンで覆われていて、ただの空き教室にも見える。部活動の名前を示す表札や貼り紙はない。

「ここがオカルト研究会の部室ですね」

十神がつぶやいた。

「そうだ。実際は部活や同好会としての認可が下りてないから、『オカルト研究会を名乗る謎の集団が勝手に占拠している部屋』ということになるが」

俺たちがここへ来たのは、目安箱への依頼を解決するためである。

昨日のこと。

生徒会の目安箱に、こんな依頼が届いた。

『旧部室棟の一室を不当に占拠しているオカルト研究会を追い出してほしい』

相談者は、文化部や各種同好会を束ねる文化部連合の長であり、手芸部部長である牛沢（うしざわ）という男子だった。

彼いわく、オカルト研究会会長を名乗る北条（ほうじょう）という三年の男子生徒が、去年の暮れ頃から旧部室棟の一室に入り浸っているという。

「いつからあの部屋を使ってたのか、正直僕らもわからない。気が付いたら、なんか人がいるなって感じで」

生徒会室のソファに座り、温厚そうな風貌の牛沢は言った。

麗秀高校では、正式な認可を受けた文化部にそれぞれ部室が与えられる。また、部活動としての要件を満たしていない同好会でも、生徒会から許可を得た場合は特例として部室を持てるケースもある。

鳳来先輩が淹れた紅茶に口をつけ、先を続ける。

「あまりにも自然に使ってたもんだから、正式な同好会なのかなと思ってたんだ。でも、文化部連合の集会にも出てこないし、旧部室棟の清掃にも参加しなくてね。どうにか部屋を使ってるのが三年の北条って男子で、オカルト研究会を名乗ってることだけは確認できたけど、それ以上の話し合いは無理だった。それで、前生徒会の頃から知り合いだった鳳来さんに調べてもらったんだよ」

牛沢は先輩の方をちらりと見る。

「ああ。数年前までさかのぼって調べてみたが、オカルト研究会なる同好会は認可されていなかったし、同好会の設立申請も受け取っていなかった。要するに、その北条という男子は勝手にオカルト研究会を名乗っているだけだったわけだ」

鳳来先輩があとを引き取った。

その横で十神はあごに手を当てて、ふむと考え込んでいる。

「なるほど、それでオカルト研究会を追い出してほしい、ということですか」

「ああ。なるべくなら同じ文化系同士、仲良くしたいんだけど……許可がないのに部屋を使うのは問題だから。他の部からも不満の声が出てるし、最終手段ってわけだよ」

困り顔の牛沢はそう言って、俺たちに頭を下げた。

「心苦しいんだが、僕らで強制的に備品を撤去するわけにもいかない。生徒会の方で、どうにか話をつけてくれないか」

十神は対外モードを発揮して、自信満々の表情でうなずいた。

「わかりました。この件は生徒会として、正式に請け負います」

◆

そして現在。

オカルト研究会の部室前で、俺たちは閉じた扉を見つめていた。

恐る恐るといった様子で十神が横開きの扉を二回ノック。

しかし、中から返事はない。

「すみません、生徒会会長の十神と申します。こちらはオカルト研究会の部室で間違いなかったでしょうか?」

少し大きめの声で呼びかけ、再びノックする。

だが、やはり応答はなし。

「今日は来てないのかもしれませんね。活動実態があるのかどうかも不明ですし」

「俺もそう思う。例の北条って先輩のクラスに直接行った方が早いんじゃないか？」

ところが、鳳来先輩は首を振った。

「いや、その北条は保健室登校が多いようでね。たまにクラスにも顔を出すが、いない日の方が圧倒的に多いらしい。それに、牛沢に聞いたら今日は部室に来てると言っていた」

「じゃあ、居留守ですか？」

「かもしれない。ちょっと私に代わってくれ」

交代して鳳来先輩が扉の前に立つ。

そして十神の五割増しの勢いで扉をノックする。というかブッ叩いている。

「おーい、聞こえているか？　生徒会副会長の鳳来だ！　開けないと強硬手段に出るぞ！」

なおも返答はないが、部屋の中で妙な物音がした。

どうやら、誰かはいるらしい。

再びノックして呼びかける鳳来先輩だが、返事はない。

すると先輩は、取っ手に指をかけて無理矢理開こうとしたが、スライド式の扉は動かない。

どうやら内側から鍵がかけられているらしい。

「おい、いるのはわかってる！　私たちは話し合いがしたいだけだ！　扉の鍵を開けろ！」

部屋の中は静まり返っているが、耳を澄ませると「……ぱい……ヤバ……ですって！」

「き……るな」「でも……」と小声で言い争う声が聞こえてくる。

「これ、二人以上いるよな?」

「おかしいですね。牛沢さんの話によれば、オカルト研究会には北条さんしかいないはずでしたが」

俺と十神が小声で話している間、鳳来先輩は制服から生徒手帳を取り出した。

そして、感情のない声で宣言した。

「文化部連合規約、第四条の三項。『文化部およびそれに準ずる同好会は、紛争の発生時には文化部連合あるいは生徒会の指示のもと、適切な話し合いに応じること』。私たち生徒会は、ここに正式な話し合いを求めている。拒否する場合は、生徒会権限で執行権を発動する」

確かに、生徒手帳の後ろの方にはそんなことが書いてあった。

鳳来先輩の意図はわかる。明確に、オカルト研究会を脅しているのだ。無茶されたくなければ扉を開けろ、と。

それでもなお、返答はなし。

鳳来先輩は小さく息を吐き、やれやれというふうに頭を回す。

「……警告はしたぞ」

「え?」

「悪い、十神と郡上はちょっと下がっていてくれ」

言われるがまま距離を取る。

鳳来先輩は両手をメガホンのようにしてオカルト研究会に呼びかけた。

「中の人間も、教室後方の扉からできるだけ離れてくれ。そして、割れそうな物があったら扉から安全な場所まで遠ざけること。君たちに怪我をさせたくはないからな。今から三十秒待つから、その間に扉を開けるか、危険なものを退避させるかしてくれ」

そう言って鳳来先輩は扉から一歩離れ、両足を前後に開いて身構える。

両手はゆったりと両脇で構え、まるで戦闘態勢のよう……っておいおい、まさか？

「先輩、なにする気ですか⁉」

「気にするな、生徒会をやっていれば稀にあることだ」

「そういうことではなくてですね」

「ああ、力不足ではないかと心配しているのか？　大丈夫だ。私の家は剣道の道場だが、それ以外の武芸も一通り叩きこまれている。去年の生徒会でもこの担当は私だった」

「そういう心配でもないです‼」

「お、三十秒経ったな」

そうつぶやいた鳳来先輩が深く息を吐き、集中を高めていく。

後ろを向いた。

と思った矢先、くるりと体を回転。

回った勢いのまま脚を振り上げ、全速力で引き戸の真ん中あたりに叩きこむ。

「はあああああっ!!」

ドガアアアアアン!!

……冗談と思うかもしれないが、本当に爆発みたいな音がした。

蹴破られた扉はスローモーションのように宙に浮き、部屋の中まで吹っ飛んでいった。

まるで演舞のように身をひるがえした鳳来先輩が、ゆっくりと脚を曲げて体勢を戻す。

ふう、とひと息。

「開いたぞ、みんな」

「強行突破すぎます!!」

「郡上たちもこういう時の対処は覚えておいた方がいいかもな」

「もうちょい穏便な方法でお願いしたいんですが」

唖然とする俺たちを尻目に、鳳来先輩は涼しい顔をしている。部屋の中から立ち上ったホコリが、なにかの勝利モーションみたいに先輩の周りに漂った。

ふと気が付くと、廊下の向こうからこっちを眺めている生徒が何人かいた。騒ぎを聞きつけて近くの部室から出てきたのだろう。

「ああ、鳳来さんだ」

「今年も生徒会やってるんだな」

「前生徒会の時も見たよなあ。発明部の部室の扉が吹っ飛んでた」

どうやら、前にも鳳来先輩が扉を蹴り飛ばしたことがあったらしい。

「ああ、全自動流しそうめん機で教室を水浸しにした時か」

「ちゃんと話し合いに応じればいいのに」

「理科部が弓道場をレールガンで破壊した時は速攻で詫び入れてたよな」

「結構ガッツリ部費減らされてたけどな」

「当たり前だろ」

「まあ、部活やってたら負けるとわかっててもやらなきゃいけない時があるんだよ」

聞いているだけで頭が痛くなるような話がポンポン飛び出してくる。

入学してから学校生活を適当に過ごしてたから気付かなかったが……。

もしかしてこの高校、とんでもなく変なのか？

本当にこの学校で生徒会を一年続けられるのか、にわかに不安になってくる。終わる頃にはノイローゼになってるんじゃないか？

「さあ、入ろう。十神が先に入った方がいいんじゃないか」

「あっ、そうですよね。……えっと、失礼します」

促された十神が前に出て、戸惑いながらもかつて扉があった付近で頭を下げる。

俺たちも続いて中に入る。

入り口から二メートルほど離れた床で、蹴破られた二枚の扉が折り重なっていた。その脇で、癖っ毛の女子生徒がガタガタ震えながら土下座している。

「す、すみませんでしたああああああっっっ‼　命だけはお許しくださいっっっ‼」

その奥では、物憂げな顔つきの眼鏡をかけた男子が椅子に座っていた。

十神は女子に、「大丈夫です、扉はあとで直します」と言っているが、気になるのはそこじゃないだろう。

それから男子生徒の方に近づき、真正面から対峙する。

「私は生徒会長の十神と申します。オカルト研究会の北条さんですか？」

「……生徒会か」

どこか観念したような表情で、男子はつぶやいた。

◆

吹っ飛んだ扉は、とりあえず入り口に立てかけておいた。修繕の手配は後でするそうだ。部屋にあった椅子と机を並べ、話し合いの用意を整える。

この部屋はもともと物置として利用されていたらしい。部屋の隅には乱雑に椅子や机が重ねられており、古ぼけた戸棚やスチールラックも機能性無視で並んでいる。しかし、一番手前にあるスチールラックにはどう見ても学校教育に使わないであろう謎のオブジェや地図が並び、本棚には「未確認生物」「超常現象」「都市伝説」「呪具・祭具」といったオカルトっぽい文字列が並ぶ本も置かれている。

この様子から見るに、ただ部屋を占拠しているだけではなく、割としっかりオカルト研究会としての活動もしているようだ。

「ええっと、私はオカルト研究会一年の道玄坂で……こちらが会長の北条先輩です」

土下座していた女子生徒は、道玄坂という名前らしい。

短めの癖っ毛におどおどして縮こまった様子が、小動物じみた印象を抱かせる。

「そうだ」

紹介された北条という先輩は、ぶすっとした表情で相槌を打つ。

細面にかけたメタルフレームの眼鏡が、理知的な印象を際立たせる。

十神は道玄坂の方が話しやすいと思ったのか、そちらに顔を向けて口を開く。

「道玄坂さん」

「は、はいいっ!!　すみませんでしたああっ!!」

「まだなにも言ってないのですけれど……」

「ひいっ」

困惑する表情を十神が浮かべるが、道玄坂は机に突っ伏してしまう。

「落ち着け道玄坂」

「うげっ」

道玄坂の頭を、北条がスパンとはたいた。勢いでおでこが机にぶつかり、ごつんと鈍い音がした。

なんと口を挟んでいいのかわからず、部屋に沈黙が降りる。

やがて、北条がため息を吐いた。

「うちの道玄坂は、ちょっと人間が苦手なんだ」

「先輩だって人前無理じゃないですかあ」

「うるさい」

言い返した道玄坂に、北条がぴしゃりと言った。道玄坂は不満そうな表情を浮かべているが、特になにも言う様子はない。

「いえ、こちらこそ驚かせてすみません」

「そうだな、扉も蹴破られたことだし」

「うっ」

十神は言葉に詰まる。さすがに派手すぎる登場だったという自覚があるのだろう。鳳来先輩もちょっと気まずそうに、蹴り飛ばした扉をチラッと見ている。

「時に生徒会長」

「なんでしょう？」

「先ほど扉を蹴破った時、そこの生徒会役員は文化部連合規約がどうたらと講釈を垂れて破壊行為を正当化していたようだが」

北条は眼鏡の奥の目を細めて、いじわるそうに鳳来先輩を指さして言う。

「果たしてその理論は通るのか？　オカルト研究会は正式な同好会でも、ましてや部活動でもない。それならば、文化部連合規約の対象範囲外ではないのか？　単に一般生徒が校内の敷地を私的に占有しているというのであれば、それは部活動や学校行事を管轄する生徒会ではなく教職員の領分だ。というわけで、扉を蹴破ったことで被った損害を請求したい」

まさかこちらの行為を咎めてくるとは思わなかった。指摘自体は屁理屈に聞こえるが、合理的な説明ができなければ生徒会側の立場が弱くなる。

十神が一瞬、困ったように俺たちに視線をよこす。

その逡巡を見て取ったのか、北条が口を開こうとしたその時。

「北条先輩には悪いですが、その主張は通らないと思います」

「なに？」

口を挟んだのは俺だった。

生徒会に入った時、こういう規約には目を通しておけと言われていたのだ。たまにパラパラ流し見したので、だいたいは頭に入っている。

北条にも見えるように生徒手帳を開き、説明を続ける。

「文化部連合規約第一条の四項に、『生徒会の認可を受けていない団体であっても、校内において実質的な活動を行っていると客観的に認められる場合、同好会とみなして対応することを許可する』とありますよね」

「……そう書いてあるな」

「オカルト研究会は見ての通り、旧部室棟の一室を使用しています。それに、自ら研究会と名乗っています。以上の点から、オカルト研究会は文化部連合規約の対象とみなすことができると思います」

「郡上さん……」

十神が感心したようにつぶやく。

「別に、生徒手帳を見れば誰でも気付くことだろ」

十神の顔を見ずに答える。なんだかむずがゆい気分になって、椅子に座り直した。

北条はしばらく黙っていたが、すぐに降参したというふうに両手を挙げた。

「なるほど。顔が怖いだけの戦闘員じゃなかったのか」

「違います。あんまりケンカには自信ないですから」

「戦闘員は、扉を蹴破ったそっちの女子か」

「え、私のことか⁉」

鳳来先輩が心外だというふうに顔を引きつらせ、助けを求めるように俺たちを見回す。

否定してやりたいのはやまやまだが、さっきの蹴りを目の当たりにしてしまうと……もしかしたら戦闘員なのかもしれないと思ってしまった。

去年も同じようなことをしていたらしいし。

「おい、誰か否定を……」

すみません、先輩。

その様子を見ていた北条が、俺たちに向き直る。

「生徒会が来たってことは、話は部室の明け渡しだな。牛沢から書面で通知は受け取っている」

ロクに話し合いもできないと牛沢は言っていたが、書類を送るくらいのことはしていたらしい。そして北条も、それに目を通していたようだ。

「その通りです。文化部連合の方から、旧部室棟の一室を不当に占拠していると報告がありました。こちらで調べたところ、オカルト研究会は正式な部活動ではなく、同好会としての認可もおりていませんので……」

「わかった、部室を明け渡そう」

「え？」

予想外の返事に、十神がキョトンとした顔をする。俺たちの反応も大方似たようなものだっただろう。

「いや、そもそも部室ですらないがな。俺と道玄坂の私物があるから、すぐにというわけにはいかないが、来週中には……」

「あの、すみません。北条さん？」

「なんだ」

十神の問いかけに、北条は鋭い視線を返す。

だが、その瞳（ひとみ）には諦念や達観の色が含まれているように感じる。サッカーの試合の後半ロスタイム残り五秒、勝っているチームにゴールキックが与えられた時の負けてるチームの選手みたいな。後はもう、キーパーが蹴るボールが頭の上を飛び越えていくのを見ているしかない、というような雰囲気。

「えっと、本当にいいのですか？」

「ああ。俺がこの部屋を不当に占拠しているというのは事実だ。文化部連合のやつらには、北条が迷惑をかけたと言ってくれ」

「そう、ですか」

「それと、道玄坂は俺が勝手に巻き込んだだけだから、なにも悪くない。生徒会でなんらかの処分を下すというなら、俺だけにしてほしい」

「こちらとしてはそれで問題ありませんが……抵抗しないいんですね」

「俺が間違っていて、お前たちが正しい。それくらいわかっている」

その瞳に一瞬、寂しそうな色が浮かんだが、すぐに目をつむって見えなくなる。

文化部連合が話し合いに応じないと言っていたので、どんな頑固な人なんだろうと身構えていたのだが。

そう思った次の瞬間。

北条がガタッ、と急に席を立ち上がった。

そのままふらふらと、どこかに行こうとする。よく見るとその顔は蒼白で、フレームの奥の目がグルグル回っている。

そして口元を押さえ、つぶやいた。

「き、気持ち悪い……」

「先輩、窓、窓！」

道玄坂が慌てた様子で北条に駆け寄り、背中を押すようにして窓際に移動した。ガラッと窓を大きく開け、外の空気を取り入れる。北条は窓から顔を突き出して、ぜえはあと荒い息をしていた。

「すみません……先輩、しゃべりすぎたみたいです」

「ひ、人が多い……うぷっ……」

俺たちはしばらく呆気にとられ、その様子を見守っていた。

それから二十分後。

「さっきはその、お騒がせしました」

椅子に座った道玄坂がぺこり、と頭を下げた。

北条はあのまま保健室に直行。道玄坂も付き添っていったが、ベッドで横になったのを確認して、あとは養護教諭に引き継いできたそうだ。

「北条さんは大丈夫でしたか？」

「稀によくあるので……はい、たぶんへーきです」

不安げに尋ねる十神に、平然と答える道玄坂。その口ぶりからするに、ああなったのは一度や二度じゃないのだろう。

こっちの心中を察したのかはわからないが、道玄坂が苦笑して続ける。

「先輩はその、保健室登校の日も多いですし、無理して教室に行っても、だいたい昼休み前にあんな感じになります。さっきまでは、相当無理してしゃべってました。たぶん、私が怯えてたので……」

「そりゃまあ、良い先輩だな」

俺たちに刺々しかったのも、道玄坂を守ろうという気持ちゆえだったのかもしれない。

道玄坂は話しぶりこそたどたどしいが、会話自体は問題なくできるようだ。俺たちに慣れてきたのかもしれない。

「先輩、人が苦手なくせに、虚勢を張るタイプなので。すぐに、バレちゃうんですけど」

「そ、そうですか……」

十神が微妙な表情を浮かべている。完璧な外面を取り繕おうとする自分と、どこか重なる部分があったのかもしれない。

「オカ研も、先輩が一人になりたくて作ったって、言ってました。人を集められないので、同好会とか部活の申請は無理だったみたいですけど」

「道玄坂さんは、どうやって会員に?」

「先輩に誘われたんです。私、昔からオカルトやホラーが好きなんですけど、人付き合いとか苦手で、周りの子と趣味も合わなくて、学校に馴染めなくて。高校でも浮いちゃって、保健室登校だったんです。それで、保健室登校してた日にオカルトの本を読んでたら、同じ日に保健室に来てた先輩が声をかけてくれたんです。『こういうのが好きなのか?』って」

こうして道玄坂はオカルト研究会の会員になり、二人でこの部屋にこもるようになったのだという。

「北条先輩を見て、どう思いましたか？」

ふと水を向けられ、鳳来先輩は口ごもった。

「そ、そうだな……難儀な人だとは思った」

「変な人ですよね。私、自分以外でこんなにダメな人、初めて見ました」

「辛辣だな」

俺の口からポツリと漏れた感想に、道玄坂が慌てたように両手の平を振った。

「あの、別に、バカにしてるとか、下に見てるとか、そういうんじゃないんです！　私もすごい、ダメ人間だから、同じような人がいて、一緒にダメ人間なんです！　それがただ、純粋にうれしくて」

「……はい。なんとなくわかる気がします」

十神がうなずいた。俺にも、道玄坂の言いたいことは伝わった。

自分と同じような欠点を抱えた人間がいて、お互いをわかりあえること。それはたぶん、本人たちにとっての幸せだろう。

「まだ教室は怖いけど、この場所があると思ったら、なんとか高校に通えるんです」

ぽつぽつと思い出を語る道玄坂の表情は、ふわふわのぬいぐるみを見つめているような、優し気なものだった。

「オカ研、やっぱりなくなっちゃうんですか?」

「それは……」

十神は言葉に詰まった。

その様子を見ただけで、理解するには十分だっただろう。

「私もわかってるんです。オカ研は存在しちゃダメなもので、この部室もあるべきじゃないって。オカ研に依存しないで、頑張って保健室登校を続けるか、それが辛いなら通信制の高校に転入するべきだって。わかっては、いるんです……」

そう語る道玄坂の目から、ぽつりと水滴が落ちる。制服のスカートに落ちたそれが、じんわりと黒い染みになっていった。


オカルト研究会の部室を出て、旧部室棟の廊下を歩く。

「十神、結局どうするんだ?」

「……そうですね。オカルト研究会は、取り潰すしかないと思います」

俺の問いかけに、十神は静かに答えた。その横顔からは、感情がうかがえない。

鳳来先輩も苦々しい表情を浮かべつつ同意する。

「ううむ、どうにかしてやりたいのはやまやまだが。今のところ打つ手なしか」

「ええ。由良さんも同席するタイミングで、正式に決定しましょう」

なにも言えず、俺は窓の外を見た。いつの間にか空には雲が厚く垂れこめていて、午後の光は届かない。

夜は雨になりそうだな、と思った。

翌日から二日連続で、十神は生徒会を休んだ。

第十章　あの日掲げた、理想の生徒会長に（後編）

Bishojo seitokaicho no Togamisan ha kyomo ponkotsu de hotteokenai.

十神（とがみ）が生徒会を休みだして二日目のこと。

残るメンバーは生徒会室で手持ちの事務作業を進めていた。トップがいないからといって、その他の仕事を滞らせるわけにはいかない。

とはいえ、頭を占めるのはオカルト研究会の問題だ。

部室に行った日は休んでいた愛梨澄にも事情は伝えてある。

「愛梨澄（ありす）はどう思う？」

意見を求めてみると、愛梨澄は頭を抱えた。

「ルール的に言えば、部室は取り上げるしかないと思うんだけど……心苦しいよー！　客観的に見てかなーりウチらが極悪非道じゃん！」

「だよなあ」

「最終的に主人公にやられるやつだって！」

「その場合、誰（だれ）が主人公なんだろうな」

できれば穏便に済ませてほしいところだ。俺（おれ）なんてやられ役に丁度いい人相だと思うし。

しばらく思案していた愛梨澄が、ひとつ案を出してくれる。

「そうだなー、どっか似た感じの文化部に入れてもらうとかは？　探せば波長が合う部活だってありそうじゃない？」

確かにそれも考えた。

だが、あの二人の様子を見るにそれは難しいだろう。オカルト研究会という居場所なしで、つながり続けられる確証もない。

「これは私の個人的な感想だが、あの二人だとそれも難しいだろうな」

実際にオカルト研究会と顔を突き合わせた鳳来（ほうらい）先輩も、同じ意見だったようだ。

「先輩は、どう思います？」

「私もできるならどうにかしてやりたいが……現状では、オカルト研究会を存続させられる理由がない」

「ですよね」

問題はオカルト研究会が正式には部活動でも、同好会でもないという点だ。いくら生徒会といえども、なんでもない生徒たちに部屋を与えることはできない。今のところ、オカルト研究会は詰んでいる。

焦燥感に駆られて、俺は普段ポンコツな誰かさんが座っているはずの空席に目を向ける。

「十神は今日も休みですか」

「佐敷先生は、風邪だと言っていたが」

もちろん、単にこのタイミングで風邪を引いただけという可能性もある。

だが、俺は素直にそう思えない。

道玄坂の話を聞いている時の、十神の様子を思い返す。

居ても立っても居られず、俺はリュックを持って立ち上がった。

「すみません。俺、今日はちょっと早退します」

「あ、じゃあ私もー」

背後から愛梨澄の声が聞こえたが、俺は振り返って釘を刺した。

「愛梨澄は休んだ分の仕事が残ってるだろ？」

「ちっ、バレたか……」

◆

「あはは、郡上さんがお見舞いにきてくださるとは、思ってませんでした」

「その様子じゃ、明日には登校できそうか」

「まあ、そうですね」

生徒会を早退した俺は、十神のマンションへやって来ていた。

記憶していた部屋番号を押して呼び出すと、十神は素直にオートロックを解除してくれた。少なくとも拒絶されているというわけではない。

十神の家は、前に上がった時よりも随分すっきりしていた。大量にたまっていたペットボトルも、今度はちゃんと捨てられたのだろう。

リビングのテーブルに着いて、十神と向かい合う。

十神の服装は、コンビニの前で鉢合わせた時と同じだぼっとした部屋着。それ以外の身だしなみはいつもの通りだが、ちょっと痩せたようにも感じる。

「休んでるの、体調が原因じゃないんだろ？」

「……はい」

十神はうなずいた。

その表情は沈んでいて、あれからずっと悩んでいたのだろうとわかる。

「愛梨澄と鳳来先輩も心配してたぞ」

そう言うと、十神はなにかが刺さったように顔をしかめる。

「うっ、すみません……生徒会長なのに二日もサボって、私にはキーボードの上ら辺にあるよくわからないキー以下の価値しかないですよね……」

「いやアレにも使い道はあるだろ。俺たちが知らないだけで」

「じゃあバンドのベースくらい意味がないって感じでしょうか……」

「ネガティブな喩えに凝らなくていい。あとこの世の全ベーシストに謝っとけ」

それに、確かにスマホのスピーカーで聞くと存在がわかりにくいけど、イヤホンで聞いたらベースの音は結構わかるしな。

仕切り直して、俺は単刀直入に尋ねる。

「オカルト研究会のこと、十神はどうしたいんだ」

真っすぐな問いを向けられ、十神はじっと考え込む。

「生徒会長としては……オカルト研究会の部室占有は認められません。ですから、ええ。明日の生徒会で、正式に部屋の私物を回収して明け渡すよう、通告する手続きを始めます」

感情を押し殺したような答え。

だが、俺が聞きたいのはそういうことじゃない。

「生徒会長としてじゃなく、十神撫子としてはどうなんだ？」

「それは……」

十神が言葉に詰まった。

逃げるように視線をさまよわせるが、やがて俺の顔に戻ってくる。そして観念したように、声を絞り出した。

「私は……私個人の気持ちとしては、オカルト研究会を潰したくありません。部室もそのまま残したい。でも……それをしたら、正しい生徒会長ではいられない」

十神がなにかに耐えるように、唇の端をぎゅっとかむ。

自嘲の笑みを浮かべて、懺悔するように言う。

「怖いんです。私は正しい生徒会長でありたいのに、私の心は間違った答えを出している。その結果、皆さんが私を見限るかもしれないと思うと、お腹のあたりが重くなって。いつまでも結論が出せないんです」

完璧な生徒会長としての答えと、人間としての十神の答えの食い違い。

それが十神のジレンマになっているのだ。

しばらく考えてから、俺は静かに言葉を吐く。

「生徒会として正しいのは、規約に従ってオカルト研究会の部室を撤去することだと思う」

「……やはり郡上さんも、そう思いますか」

さっと目を伏せる十神。

正しくあろうとするなら、オカルト研究会の存続は認められない。

でも、間違った道を選べないわけじゃない。

「なあ十神。間違ってちゃいけないのか？」

「え？」

虚を突かれた様子の十神が、ぽかんとした表情を浮かべる。

「確かに、オカルト研究会を助けるのは生徒会として間違いかもしれない。でも、なにがなんでも正しくなくちゃいけないなんて、そんな決まりもない」

「それは、そうかもしれませんが」

「十神は演説の時に言ってたよな。生徒に寄り添える生徒会を作りたいって」

「あ……」

そもそも、生徒会長としての責務を果たすだけなら、目安箱なんか設置する必要はなかった。

前年度までと同じような仕事を、同じようにこなせば、それでよかったはずだ。

それなのに目安箱を設置したのは、十神がそうしたかったから。たぶん、面倒で非効率だとわかっているのに、俺が十神を支えたいと思った理由と変わらない。

十神は最初から、正しさよりも大事なものをつかもうとしていた。

「オカルト研究会を取り潰すのと、せめて手の届く範囲で助けようとするのでは、どっちの方が生徒に寄り添ってるのか。十神なら、わかるんじゃないか？」

俺の言葉をしばらく反芻するように、十神が両こぶしをぎゅっと握りしめた。

それから顔を上げ、こっちを見つめる。その表情にはさっきまでの不安げな色はない。

「郡上さん」

「どうした？」

「私は、生徒の声に耳を傾ける生徒会を作りたいと言いました。オカルト研究会をこのまま潰してしまうのは、あの日の道玄坂さんの声を黙殺したのと同じだと思うんです」

十神の瞳(ひとみ)は決意に満ちている。

「オカルト研究会の取りつぶしを阻止します。もちろん、オカルト研究会の要請があった場合は、ですけれど」

そう言って、十神は俺に手を差し伸べた。

「郡上さん、手伝ってもらえますか?」

「ああ。そういう約束だったろ」

微笑(ほほえ)む十神の手を握り、俺は目を見てうなずいた。

◆

「生徒会は、オカルト研究会を存続させるために動きます」

翌日の放課後、生徒会室。

生徒会メンバーを前に、十神が堂々と宣言した。その姿に、昨日の弱々しい雰囲気は微塵(みじん)もない。いつも通り、完璧で自信満々に見える十神だ。たとえそれが虚勢であっても。

最初は面食らっていた様子の愛梨澄と鳳来先輩だったが、次第にうれしそうな表情に変わっていく。

「うんうん、やっぱりそっちの方が気分いいよね。悪者になるよりよっぽどいい!」

「そうだな。私としても、その道があるなら大歓迎だ。だが、どうする？」

尋ねられた十神は、自信ありげにうなずく。

「私たちがオカルト研究会を潰さなくてはいけないのは、それが生徒会の仕事だからです。これに対して、オカルト研究会を存続させるための大義名分はひとつもありません」

「それなんだよねー、お役所仕事っていうかなんていうかさー」

不満げに唇をとがらせる愛梨澄に微笑み、十神はきっぱりとした口調で言った。

「ですから、オカルト研究会の存続を仕事にすればいいんです」

そう。これが俺たちが昨日出した結論。

「え、どういうこと？」

「……なるほど、そういうことか」

状況を理解していない様子の愛梨澄と、意味を理解したらしい鳳来先輩。

俺は愛梨澄に向かって、説明をする。

「目安箱に、『オカルト研究会を正式な部活にしてほしい』という依頼を送ってもらう。そうすれば、俺たちは生徒会会則に従ってオカルト研究会存続のために動ける」

麗秀高校の生徒会会則には、『生徒会は公約を果たすため、法および校則に違反しない範囲で全力を尽くすこと』という文言がある。

つまり、公約として設置された目安箱への依頼を受理すれば、生徒会が主体となった根回しが可能になるわけだ。

「あれ？　でも文化部連合からも目安箱に依頼があったよね？　それと内容がバッティングするんじゃない？」

「それなら大丈夫だ」

俺はスマホで生徒会の共有サーバーにアクセスし、『目安箱』フォルダのファイルを開く。

「いいか、文化部連合からの依頼内容は、『旧部室棟の一室を不当に占拠しているオカルト研究会を追い出してほしい』だ。つまり、オカルト研究会が正式な部活になれば、不当な占拠じゃなくなる」

前提条件さえなくなれば、依頼自体が無効化される。

それに依頼をしてきた牛沢（うしざわ）だって、可能なら争いたくないと言っていた。生徒会の動きに怒るということもないだろう。

話の現実味が出てきたのか、愛梨澄もワクワクした表情を浮かべている。

「いいねいいね、主人公っぽいじゃん！」

「方針は決まったな。であれば、まずは目安箱に依頼を送ってもらうところからだな」

「すでに道玄坂さんには声をかけています。昼休みに保健室でお会いできたので、気持ちが固まったら目安箱にメッセージを送ってほしいと伝えました」

その時、愛梨澄が「あ」と声を出した。

「これ見て、目安箱」

丁度、生徒会のSNSアカウントにDMが届いたところだった。

文面はこうだ。

『一年A組の道玄坂です。オカルト研究会を正式な部活だと認めてもらって、部室を残してほしいです。よろしくお願いします』

内容を確認して、十神はうなずいた。

「では、私たちも動きましょう」


テニスコート脇の通路で、俺と十神は見知った顔と話していた。

「なるほどねー、部活に名前だけでも貸してくれそうな子かー」

十神の話を聞いて、いつかの恋愛相談で知り合った瀬名が言った。テニス部の活動中に少し抜けてもらったため、水色のトレーニングウェアを着ている。

新たに部活動の設立を申請するには、最低でも五人の部員をそろえる必要がある。つまり、オカルト研究会は北条と道玄坂、あと三人の頭数が必要ということだ。

名義貸しだけでもいいから、人数をそろえたい。そこで生徒会と関わったことがある瀬名にも声をかけたというわけだ。今はとにかく、猫の手でも借りたい。

「見つかるかどうかわかんないけど、探してみる。あんま期待しないでね？」

「悪い、本当に助かる」

幸いにも瀬名は快く引き受けてくれた。

小さく頭を下げた俺に、明るい表情で手をぱたぱたと振る。

「いーっていーって。私もほら、オレンジジュースぶっかけたお詫びしたかったし」

そういえばそうだった。

「もしよければゆうくんにも聞いてみよっか？」

「ゆうくん……あ、幼なじみの橘さんでしょうか」

「そうそう。囲碁将棋部だし、なにか心あたりあるかも」

それは好都合だ。文化部にも話を通しておければ、それに越したことはない。

囲碁将棋部の入っている新部室棟は、テニスコートからそんなに離れていない。瀬名の呼び出しから数分で橘はやってきた。

「……ケジメですか？」

橘は俺を見るなり、青い顔でそうつぶやいた。なんで財布を後ろポケットから出したのかは知らないがさっさと戻してほしい。

「違うからな。瀬名、言ってやってくれ」

「なんかオカルト研究会？　に入ってくれる人を探してるんだって。人数が足りなくて廃部になりそうとか」

瀬名の説明を受けて、橘も落ち着きを取り戻した。

「ああ、そういう話か。オカルト研究会ってのは聞いたことないけど……まあ、何人か声かけてみる」

「ありがとうございます、橘さん」

丁寧に礼をする十神に、ドギマギした様子の橘がたじろぐ。

「い、いやいや！　全然そんな、お礼とか言われるほどじゃ……」

そこに瀬名がずいっと割って入り、にこやかな笑みを貼り付けて橘に言う。

「ゆうくーん？　さっさと部活戻んないとダメなんじゃない？」

「え？　別にウチの部活そんな厳しくねえし……あ、ちょっと待って、ラケットで腹を突くな腹を。わかったよ、帰るって」

妙な圧を感じる瀬名から逃れるように、橘が踵を返す。

その背中に瀬名が呼びかけた。

「あ、今度ゆうくん家で勉強する約束、忘れないでよね？」

「あーわかったわかった、忘れてねーから。んじゃまた後でな」

「うん、じゃーねー」

そう言って橘は新部室棟に、瀬名はテニスコートに戻っていった。

二人の姿を見送った十神が、照れたように口元を手で隠してぼそっとつぶやいた。

「も、もしかしてお二人……進展してます？」

「もしかするかもな」

　少なくとも、汚部屋じゃない橘の家に行けるくらいには。


　翌日。俺と十神は教室棟の奥まった廊下で、道玄坂と落ち合った。

「はい。これが名前を貸してくれそうな人のリストです」

　俺たちは伝手（つて）を当たって、オカルト研究会に抵抗のなさそうな生徒をリストアップした。あとは生徒たちに声をかけて、勧誘できるかどうかだ。

「うわ、その、ありがとうございます……」

　クリアファイルに挟まった紙を受け取り、道玄坂が恐縮する。

　さっそくリストの名前を見て、なにか考え込むように沈黙した。

「大丈夫か？」

　気になるのはもちろん、道玄坂が自分で勧誘できるのかどうか。

　慣れた相手にはそこそこ話せるようだが、いきなり関係性の薄い相手に話しかけるのは、本人にとっても負担だろう。

「リストがほしいという話でしたので、こうしてお渡ししましたが……もしよろしければ、私たちの方で声をかけてみましょうか？」

十神が気を遣ってそう申し出るが、道玄坂はブンブンと首を振った。

「いえいえっ！　そこまでやってもらったら、罪悪感というか申し訳なさというか、そういうので一杯になってしまいますし……それにこれは、私の、オカルト研究会の問題なので。ここまでやってもらっただけで、十分です」

口調はたどたどしいが、意志はきっぱりとしていた。

「そうですか。北条さんにお話ししなくても大丈夫ですか？」

「はい。これまで、全部先輩にやってもらったので……これくらいは、私がやらないと」

そう言って道玄坂はリストに目を落とし、「あ」とつぶやいた。

「この人、うちのクラスの……すみません。ちょっと私、用事があるので」

そう言って、パタパタと駆けていく。

俺と十神は、迷うことなくその後をつける。なんというか、巣立つひな鳥を見守る親鳥の気分になる。

道玄坂はキョロキョロと挙動不審になりつつも、一年の教室に入っていく。周りの生徒はその姿に、特に気を留める様子もない。

そーっと窓から中をのぞく俺と十神の方が、よほど目立っている。俺に気付いた一部の生徒がぎょっとしているが、今は心を無にして放っておく。

「あ、あの……羽田(はねだ)さん」

「えっとー、道玄坂さんだよね？　私に用？」

道玄坂は、クラスメイトの女子に声をかけていた。

ぎゅっとスカートの裾を握り、視線はウロウロと落ち着かない。

「その……部活、入ってる？」

「二つ入ってるけど、どうして？」

「もし、よかったら、名前だけオカ……オカルト研究会に、貸してくれないかなって。お願いします！」

そう言って、道玄坂はがばっと頭を下げた。

女子はしばらくポカンとしていたが、やがて意味を理解したのか表情を緩めた。

「なになに、そんな切羽詰まってる感じ？　入るだけなら全然いいよー。オカルトとかはわかんないけど」

俺は思わず、小さくガッツポーズをしていた。横を見ると、十神は両手で小さく拍手している。「偉いです！」とつぶやく声まで。

お互いの仕草に気付いた俺たちは、顔を見合わせて微笑した。

十神が生徒会に復帰して一週間後。

旧部室棟のオカルト研究会の部室に、俺、十神、北条、道玄坂の四人が集まっていた。

「……というわけです」

十神はこれまでの経緯を、理路整然と説明した。

道玄坂は俺たちと北条の顔を交互に見やり、もじもじと指先をいじっている。

北条が、深くため息をついた。

「勧誘も道玄坂がやったのか？」

「そうです。生徒会は多少の手助けはしましたけど、声をかけたのは道玄坂です」

俺の言葉に、道玄坂はこくりとうなずいた。

「頑張って声をかけて、なんとか三人、集めました」

「お前、人と話すのは苦手だろう」

「先輩以外の人は、苦手です。まだ話すのは怖いです。……でも、オカルト研究会が潰れるのよりは、怖くないです」

道玄坂が服の裾をきゅっと掴み、祈るように北条の顔を見上げる。

「……どうしてそこまでする？」

「私は、オカルト研究会に、潰れてほしくありません。部室がなくなるのも、困ります。だって私には、ここにしか居場所がないんです。先輩だって、同じなんじゃないですか？」

「まあ、そうだが」

「それに……」

「それに？」

「なによりも、先輩と会えなくなるのが嫌なんです」

道玄坂の瞳には、いつになく強い意志が宿っていた。

それを受け止めた北条の瞳が、戸惑うように揺れた。

二人の様子を見て、十神はここからが本題とばかりに口を開く。

「生徒会としては、オカルト研究会を部活動として承認できます。あとは、文化部連合が開く臨時ミーティングで部長の北条さんがスピーチして、文化部連合からも承認が得られれば手続きは完了です」

新規部活動が設立される時は、運動部なら運動部連合の、文化部なら文化部連合の承認が必要だ。生徒会の一存ですべて完結させることはできない。

どちらの場合も、臨時のミーティングで決を採る。

「俺が、スピーチを？」

「オカルト研究会がどういう部活なのか、普段の活動ではなにをしているのか、それを説明するだけでいいんです」

「しかし俺は、そういう場で話す自信なんて……」

そう言って黙り込んだ北条だったが、ふと隣に座る道玄坂と目が合った。

次の瞬間、観念したように小さなため息をつく。

「……そうだな。道玄坂が頑張ったんなら、俺もやらないと示しがつかないよな」

「あ、ありがとうございます、先輩っ！」

にっこりと笑う道玄坂が北条の手を握り、ぶんぶんと勢いよく振った。

◆

「……オカルト研究会の設立に関するスピーチは以上です。ありがとうございました」

演台に立った北条が一礼すると、ぱちぱちぱち、とまばらな拍手が鳴った。

決して完璧なスピーチではなかったが、それが問題になることもないだろう。

北条を説得してから数日後の放課後、場所は新部室棟の会議室。

生徒会の承認を受けたオカルト研究会の設立可否を問う臨時ミーティングで、北条は部長としてのスピーチをやり遂げた。

そのまま決議に移り、賛成多数ですんなりとオカルト研究会の設立は承認された。

拍手を受け、北条はまた頭を下げる。

演台から下りてくる北条に道玄坂が駆け寄っていく。その目にはうっすら涙も浮かんでいる。

「せんぱーーい！」

これまで聞いたことがない大声で呼びかけ、勢いよく抱きついた。

がしっと抱きつかれた北条は鬱陶しそうに、

「別に、これくらい誰にでもできる」

と言った。まったく、素直じゃない人だ。

「お疲れ様でした、北条さん」

十神に声をかけられると、北条は小さくうなずいた。

「生徒会には礼を言う。ありがとう」

「そんな、私たちは仕事をしたまでです」

「今年は、良い生徒会になりそうだな」

北条は照れ臭そうに、そうつぶやいた。

さすがに感慨深い気持ちに浸っていると、不意に北条があたりをキョロキョロ見回し始めた。

そして足早に俺たちの前を通り、出口へ向かおうとする。

「ど、どうしたんですか先輩？」

驚いた様子の道玄坂に、口元を押さえた北条がうつろな目を向けた。

「……気持ち、悪い」

「先輩、もうちょっと踏ん張って！　トイレこっちです！」

道玄坂に腕を引かれ、よろよろと北条が退出していく。相変わらず人前ではカッコつけたがるタイプらしい。

その姿を見送って、十神がふう、と息を吐いた。

「これで、一件落着ですか」

「みたいだな」

オカルト研究会は正式な部活として認められ、部室の使用許可も下りた。

部活の設立前に部屋を使っていたペナルティとして、今後一年間の部費はなし、文化部持ち回りの清掃当番はその他の部活の二倍、という条件付きではあるが。

明らかに名義貸しの部員が多数だったので、それくらいの譲歩はないと、その他の文化部の賛同は得られなかっただろう。幸いにも空き教室の数は余っていたので、部室を持つこと自体に文句がつくことはなかった。

忙しかったここ最近の記憶に浸っていると、十神がぽつりとつぶやく。

「オカルト研究会を助けたのは、生徒会としては間違いですよね」

「そうだろうな。生徒会としての公平性もなにもあったもんじゃない」

なんなら、オカルト研究会という存在自体、正しいものじゃないだろう。

北条と道玄坂の抱える問題を先送りするだけの場所、という感じがする。それも北条は半年後に卒業してしまうわけで、その後どうなるのかわからない。

「でも私は、こうしてよかったと思います。あのとき、正しくない選択ができて、本当によかった」

この気持ちは、ちょっと前の正しい生徒会長にこだわっていた十神には、持てなかったものだろう。

「ずっと不安だったんです。完璧じゃないと、ダメなんじゃないかって。間違ったら、意味がなくなるんじゃないかって」

「今は？」

「間違ったことにも、意味があるんだって気づきました。正しさに従うだけが、道じゃないんだってこともわかりました。……郡上さんにはいつも、助けられてばかりです」

「いや、それは違う。俺も十神には助けられた」

「え？」

「十神がオカルト研究会を助けたいと思わなかったら、そもそも俺だって手伝わなかった。そのまま部室を潰してたらきっと、俺は後悔したと思う」

ようやく、佐敷先生が言っていたことがわかった気がする。

十神が生徒会長にぴったりだと言った、その理由が。

「だからありがとう、十神」

「こちらこそありがとうございました。郡上さん」

俺たちはどちらともなく顔を見合わせて、静かに微笑んだ。

エピローグ

「終わったああ〜〜〜」

愛梨澄が生徒会室の机に突っ伏して、おっさんみたいな声を上げた。

文化部連合の臨時ミーティングを終えた俺たちは、生徒会室に集まっていた。

臨時ミーティングの裏方を手伝っていた愛梨澄が、先に部屋へ戻っていた俺と十神に文句をつける。

「なんでそっちはミーティングの手伝いなかったわけ？　私と先輩だってあっちこっち飛び回って大変だったんだから」

「はいはい、愛梨澄もサンキューな。先輩もありがとうございました」

直接オカルト研究会とやり取りしたのは俺と十神だったが、その裏で愛梨澄と鳳来先輩には文化部への根回しをお願いしていた。部費の削減や清掃当番の負担増などでヘイトは軽減したつもりだったが、それでも可能な限りリスクは減らしておきたかったからだ。

鳳来先輩が自分で淹れた紅茶に口をつけ、ほう、と息を吐きだす。

「なに、大した手間じゃない。後ろ暗い部活に声をかけただけだ」

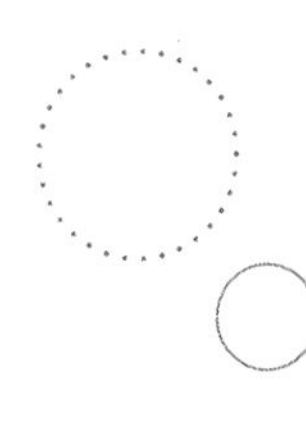

「ああ。前生徒会の期間中に問題を起こして、生徒会が尻拭いをしてやった部活だ。どの部活も持ちつ持たれつなんだから、下手な動きはしないようにと釘を刺しておいた」

十神の疑問に、にやりと笑った鳳来先輩が答える。

俺は旧部室棟での立ち回りを思い出す。この人が釘を刺したら、さぞかし効き目があるだろうな。

「皆さん。今回は本当に、ありがとうございました」

ひとしきり場が落ち着いたのを見計らって、立ち上がった十神が凛と通る声で言った。

「私のワガママで、皆さんにもご迷惑をおかけしてしまい……生徒会長として、申し訳ないと思っています」

頭を下げる十神に、愛梨澄が慌てた様子で駆け寄る。

「いやいや、全然迷惑とかじゃないから！　私だってあのままオカルト研究会が潰れてたら、嫌な気持ちになってたと思うし」

「そうだぞ、十神。私たち生徒会役員は、十神と共に生徒会を運営するためにいるんだ。仕事をして疲れることはあるが、それが迷惑だなんてことはない。自身の決断には胸を張っていてくれた方が、私たちも仕事のやりがいがあるというものだ」

「皆さん……」

鳳来先輩も優しく微笑み、十神がわずかに涙ぐむ。

慌てたように目をしばたたき、涙を引っ込めて改めて頭を下げた。

「本当にこの度は、ありがとうございました」

その様子を見ていた俺たちも、口々に労(ねぎら)いの言葉を口にする。

「うん！　お礼なら素直に受け取るよ！」

「十神も大変だったろう。お疲れ」

「まあ、いきなり休むのは止めてほしいけどな……いてっ」

俺が口を滑らせると、愛梨澄の蹴(け)りが足首のあたりにヒットした。すねほどじゃないけれど、当たり所が悪いと地味に痛いんだぞ。

微笑ましい空気が流れたところで、愛梨澄が思いついたように大声を上げる。

「よし！　色々と大変だった仕事が済んだお祝いに打ち上げしない⁉」

「ふむ、そういえば親睦会もやってなかったし丁度いいな。駅の方に前生徒会の頃から打ち上げに使ってたファミレスがあるから、そこに行くとしよう」

「おー！　よろしくお願いします！」

「ふふふ、私も打ち上げは久しぶりだから楽しみだ」

わいわいと盛り上がる愛梨澄と鳳来先輩。

二人から少し離れたところで、十神はにこにこと笑顔をたたえている。

「打ち上げ……ワクワクしますね」

「そうだな」

たぶん十神にとっては、気心の知れた相手と打ち上げに行くというのも珍しいのだろう。

そう考えると、人生の楽しみがたくさん残っててうらやましいかもしれない。

「郡上さんのおかげです。ありがとうございました」

「別に、大したことはしてないけどな」

「そんなことないです。あの日、郡上さんが生徒会に入ってくれて、私を助けると言ってくれて、本当によかったと思ってます」

「……俺も、十神が生徒会長で良かったと思ってる」

できればもう少し、ポンコツが直ってくれたらありがたいのだが。

そこは時間をかけて、どうにかなってくれればいい。

自分の言葉に照れ臭くなって顔をそむけると、十神がそっと顔を寄せてきた。ふわり、となんだか良い香りが鼻をくすぐる。

「これからもよろしくお願いしますね、郡上さん」

十神の声がくすぐったく、いつまでも耳に残った。

あとがき

はじめまして、あるいはお久しぶりです、相崎壁際（あいざきかべぎわ）と申します。

突然ですが、ラノベにしろ漫画にしろ、生徒会ラブコメっていいですよね。

どの作品も軽快なコメディで笑って、ときどき挟まる恋愛模様にドキドキして、たまにシリアスな展開もあったりして、でも最後には楽しい気分で読み終わる。

自分もそんな楽しい作品が書きたいなあ、という憧れで本作は誕生しました。

思えばずいぶん、ストレートな愛情表現になった気がします。


謝辞を。

まずは担当編集のジョー様。本作は間違いなく、編集さんの海よりも深い懐がなければ途中で頓挫していました。途中で何度も結婚の約束をしたかわいい幼なじみが待つ田舎に戻り、デカい庭と畑のある実家で悠々自適のスローライフを送ろうかと悩みましたが、編集さんの励ましと適切なアドバイスのおかげで書き上げられました。本当にありがとうございます！　感謝してもしきれません！　それと、よく考えたら結婚の約束をした幼なじみは妄想だし、郷里も別に田舎じゃないし、生まれ育ったマンションは売られて全然知らない人が住んでます。

素晴らしいイラストで作品を彩ってくださった森神様。超かわいい十神さんが見られて大満足です！　本作を担当していただけて、心から感謝しています……！　冷静に考えると、自分の作品が出版されて読者の方から感想がもらえる上に素敵なイラストまでつくなんて、ラノベ作家という職業はあまりにもメリットが多すぎる。なにか裏がないとおかしいのでは？

デザイナー様や校閲様、営業様、書店様など、出版に携わるすべての方々にも感謝を申し上げます。ラノベ作家は皆様の支えがあって、作品を届けることができています。

すべての読者の方々。このたびは本作を手に取ってくださり、ありがとうございます！　本作を読んで少しでも笑ったり、気持ちが軽くなったりしてくれたら、作者としてこれ以上に幸せなことはありません。読者の方にただ一言、「面白かった」と言われるだけで、自分のすべての苦労は報われます。感想、本当にうれしいです！

本が出るのは二年半ぶりということで、矢の如しどころかジェット機かよって時の流れにビビっています。「もう二度とラノベ作家を名乗れないかも……」とネガティブになった時期もありましたが、刊行できてホッとしました。これからも名乗り続けられるよう、頑張ります。

それではまた、どこかでお会いできる日を信じて。

相崎壁際

ファンレター、作品の
ご感想をお待ちしています

〈あて先〉

〒105-0001
東京都港区虎ノ門2-2-1
ＳＢクリエイティブ（株）
GA文庫編集部 気付

「相崎壁際先生」係
「森神先生」係

本書に関するご意見・ご感想は
右の QR コードよりお寄せください。

※アクセスの際や登録時に発生する通信費等はご負担ください。

https://ga.sbcr.jp/

美少女生徒会長の十神さんは今日もポンコツで放っておけない

発　行　　2024年6月30日　初版第一刷発行

著　者　　相崎壁際
発行者　　出井貴完

発行所　　SBクリエイティブ株式会社
〒105-0001
東京都港区虎ノ門2-2-1

装　丁　　AFTERGLOW

印刷・製本　中央精版印刷株式会社

ISBN978-4-8156-1779-0
Printed in Japan

GA文庫